義満と世阿弥

貝塚万里子
KAIZUKA MARIKO

幻冬舎MC

義満と世阿弥

登場人物の年齢については満年齢で表記した為、数え歳で表記している各種文献資料や他小説などとは異なっている場合があります。

目次

第一章　出会い（一三七四年）

「醍醐寺七日間連続公演」で京都中の話題をさらった観世座が二年後（一三七四年）の今日、いよいよ栄えある将軍お成りの能公演をするとあって、会場の今熊野神社界隈は朝から熱気と興奮に包まれていた。観世座の座長・観阿弥は、当時流行していた曲舞《くせまい》の拍子を取り入れて能の改革をして座の人気を一挙に高めた功労者である。しかも、成功して尚決して驕らぬ謙虚な人柄が幅広い層から好感を持たれ、その人気は絶大だった。もっとも、常に新しい刺激を求める都の人の一番の興味は、定評のある四十一歳の花形役者より、まだ十歳足らずだった醍醐寺公演の時、天性の美声で観客を魅了した息子、世阿弥の成長ぶりにあった（世阿弥のこの頃の芸名は「鬼夜叉」。その後「藤若」、元服後には「三郎元清《もときよ》」とも称するのだが、混乱を避ける為に一貫して世阿弥と称する）。勿論この今熊野公演も盛況で、一般の桟敷《さじき》席が埋め尽くされて暫く経った昼過ぎ、厳しい武士達が前後を固めた将軍一行が到着すると辺りの群衆が若き将軍の姿を一目見ようと押し寄せ、一時騒然となった。その混乱の中、輿から身のこなしも軽やかに降り立ったのは三代将軍足利義満。十六歳の武士という先入観から武骨な若者を想像していた都人は、その貴公子然とした姿に思わず歓声を上げた。将軍に成って既に五年となる義満も、こうして一般公衆の目に晒されるのは初めてで、悪い気はしなかった。大きな丸い目で周りを見渡しながら席に向かって歩いた。しかし、義満が人々の視線を浴びる喜びを味わったのも束の間、二階正面に設けられた特別貴賓席に腰を据えるや、満場の注目は一斉に舞台に移ってしまった。十一歳になった少年世阿弥が、面箱を恭しく捧げながら舞台に姿を現したからである。うっすらと化粧が施された白い面、切れ長の目、額の上に絶妙に配された朧の眉、全てが完璧で、神々しくさえあった。

「何と幽玄な……」

義満の隣で、前関白の二条良基《にじょうよしもと》が溜息を吐いた。当代一の知識人として名高い貴族中の貴族が、である。

「あれが、亡くなった佐々木道誉《どうよ》殿ご贔屓の天才子役、鬼夜叉で御座います」

今日の公演を企画した南阿弥がすかさず二人に囁いた。続いて現れたのは、幾分緊張気味の観阿弥。

「翁の役は座の長老が演ずる習わしの所、今日は将軍様の為に特別に太夫の観阿弥に演じさせました」

南阿弥が口早に説明する間に現れたのは千歳《せんざい》役の若者。二十代とあって若い女性客の声援が飛ぶ。最後に愛嬌たっぷりの狂言役者が出て来て最初の演目、『翁』が始まった。「とうとうたらり」という意味不明の台詞が古風で、儀式的ではあるが、各世代の代表役者が次々踊るので、公演の始まりに相応しい。能はミュージカルやオペラの様に、音楽と踊りと芝居で物語が進行する演劇である。能はテーマにより「神、男、女、雑、鬼」の五種に分類され、その順番で五番演じられるのが現代でも通例であるが、『翁』だけは特別に神聖視されており、最初に演じられる習わしである。二曲目はお定まりの、神社を寿ぐ祝言的な寸劇。平和を称える最後の歌詞が、暫く戦乱の無い時代の気分にぴったりだった。

とても治まる国ならば、
とても治まる国ならば、
なかなかなれや、

君は舟、臣は水

義満は、君とは天皇では無く自分の事を指しているのだと思って聞いた。

「将軍は人々の水に浮かぶ舟、人々を怒らせてひっくり返されぬ様に、という訳か、なかなか深いな」

三曲目は本格的なドラマ、『嵯峨の女物狂い』。子供に生き別れた母が悲しみのあまりに狂乱して踊っていると我が子に巡り合う、という単純な物語だが、大男の観阿弥が半狂乱の弱々しい母に成り切って演じる所が見ものである。世阿弥も子供としてクライマックスに登場、可憐な踊りと澄んだ美声で観客を沸かせた。声変わりする前にしか出せない天から降りて来る様な声は、人々の心を強く捉える力を持っている。丁度変声期に差しかかっていた義満も陶然と聞き入った。四曲目はお待ち兼ねの人気曲『自然居士《じねんこじ》』。観阿弥は一変して十代の芸能少年、自然居士に扮し、人買いの手から少女を救わんと颯爽と登場する。捕らわれの少女役は世阿弥。しかしその、後ろ手に縛られて猿轡を嵌められ、舟のオールで叩かれる嗜虐的な場面に、義満は思わず眉を顰《ひそ》めた

「これは如何にも悪趣味だ。酷過ぎる」

出来る事なら自分が舞台に駆け上って助けてやりたい様な気迄して、何と愚かな事を考えているのだろうと思った程だった。舞台では自然居士が人買いと丁々発止の会話を交わし、人々は固唾を呑んで聞いている。結局は、自然居士が芸を見せて面白ければ少女を返して貰う、という事で話が付き、観阿弥が有りと凡ゆる古今の名曲を次々に披露する事になる。人買いは納得して観客も大満足、少女は無事返されて目出度し目出度しとなる。人買いという当時の社会問題を取り上げながらも、実はエンターテインメントの見本の様な一曲である。最後は『融の大臣《とおるおとど》』という、テンポの速い、観世座得意の鬼の曲。観阿弥は恐ろしい鬼の扮装で舞台狭しと踊りまくり、狂った様な笛の音と、鼓の奏でる激しいリズムに聴衆も大興奮、怒涛の終焉を迎えた。

――こんなに観客が盛り上がるなんて……欠伸を堪えて終わりを待つ、あの退屈な雅楽とは何という違いだろう。もしかするとこちらの方が本当の芸術かもしれない。改良の余地はあるにしても。いつか自分で本当にこの国を治められる様になったら、煩《うるさ》い公家達も唸らせる様な完璧な能公演を催させてみたいものだ。その時は世阿弥が主役か。まずはどの程度の器か見極める必要があるな――

義満が一人でそんな事を考えていると、南阿弥が心配そうに尋ねた。

「お気に召されましたか、将軍殿」

「いやいや、非常に気に入った。明日世阿弥を一人で三条坊門第（義満邸）に寄越してくれ。直接礼をやりたいと思うのじゃ」

義満はもっともらしく答えた。年は若いが、その態度には既に将軍としての威厳が備わっている。


——俺は夢を見ているんじゃないか。将軍家に一人で呼び出されるなんて——

迎えの輿に乗って将軍の住む三条坊門第に向かう道すがら、世阿弥は頬を抓りたい気分だった。輿の中から僅かに見える京都の町並みは、いつも見慣れた古ぼけた奈良と違って、ずっと活気に満ちて洗練されていた。町並みにすら気後れしそうだったが、将軍の前に出るに至っては、口から心臓が飛び出すかと思う程緊張した。事前に教わった作法に従って部屋の外で土下座していると、奥から将軍の若々しい、張りのある声が聞こえて来た。

「ご苦労だったな、世阿弥。昨日の公演は素晴らしかった。特にそちの歌が良かった。観阿弥の女物狂いと自然居士も流石に見事ではあったが、ちと長くてくどい所があった様に思う。融の大臣は文句無く良かった。短くて、音楽が生き生きとしておった。あれだけ聴衆が盛り上がるのを見たのは初めてじゃった」

「貴重なご感想、有難く存じまする」

世阿弥は、素人ながら的確な指摘に驚いた。そしてその声に、得も言われぬ温かさと包容力を感じた。身近に顔を見る前に、声そのものに魅了された。

「もそっと近う、ここ迄寄れ。そちと二人で話がしたい」

義満が顎で指図すると、強張った表情の周りの武士達が素早く退いた。世阿弥は予想もしなかった展開に緊張を抑えながら、恐る恐る部屋に躄《いざ》って入った。

将軍の居室は、想像していたより遥かに簡素だった。初めて対面した将軍の目は大きく輝いて、眩しい程だった。その輝きが全てこの瞬間自分だけに注がれているのが、奇跡の様に思われた。

「そちの事はバサラ大名の佐々木道誉からさんざん聞かされていた。あの口の悪い男がそちの事となると絶賛していたぞ」

「道誉殿はいつも、上様は本当に賢くていらっしゃる、と仰せでした。恐らくは日本の歴史上最もご聡明な将軍であらせられると迄」

「ほう、あの道誉がわしの事をそんな風に言っていたか。あれは誠、桁外れな男であった。奴の八年前の勝持寺での大宴会の事は聞き知っているか」

「確か京都中の芸能人が集められたとか」

「そう、寺の高欄は金襴《きんらん》で包まれ、床には異国の敷物が敷き詰められ、それはもう、目も覚める様な光景だったらしい。それだけでは無い、庭の桜の大木四本を真鍮の花瓶で覆って大きな生け花に見立てたとか。しかもその周りに机を並べて最高の香を丸ごと焚いたものだから、庭中香りに包まれて、夢の中にいる様な心地がしたらしい。そこで舞ったり歌ったりしていた芸人には高価な衣服が惜しげなくどんどん与えられたそうじゃ。幔幕の中には諸国の珍味が並べられ、茶の銘柄を当てる賭けには豪華な賞品が用意されていたとか。それも、同じ日にここで宴会を催していた斯波高経に恥を掻かせる為だったのじゃがな」

「道誉殿の芸能へのご造詣の深さは只事では御座いませんでした。昔の芸人の芸をそれは事細かに覚えておいでで、色々教えて頂きました」

「わしには、バサラの心得を教えてくれたぞ。奴によれば、人は誰でも贅沢が好きだが、誰もが贅沢出来る訳では無い。そこで、贅沢の出来る者はなるべく贅沢をして、他の人にも分け与えてやる義務があるというのだ。しかも、贅沢するには物の良し悪しが見分けられなければならないから、生易しいものでは無いと。バサラ流に生きる事は奴の人生の美学であった。けちな男は決して人の上に立てない、とも良く言っておった。奴と正反対なのが管領《かんれい》の細川頼之《ほそかわよりゆき》だ。あいつは何かと質素倹約と言う。所謂禅の教えだな。わしはそれも一理あると思っておる。細川頼之の事を尊敬しておるのじゃが、バサラの道誉の事も好きじゃった。そちはどちらがいいと思う？」

「さあ、お答え仕兼ねますが、父観阿弥が細川殿派だという事だけは確かで御座います。何しろ常日頃、大酒、女色、賭け事、鶯飼う事罷《まか》り成らぬと申しておりますから」

「何、それは全部道誉の好きな事ではないか。そうか、観阿弥は実は道誉を悪の見本だと思って見ていたのじゃな」

二人は思わず同時に大笑いして顔を見合わせた。世阿弥の今迄の緊張が一気にほぐれた。

「ところで、そちに見せたい物がある。これじゃ、出だしの所を読んでみよ」

「この世は夢の如くに候、ですか。何と美しい文、しかも達筆、どなたがお書きになったのですか」

「これは我が祖父足利尊氏《たかうじ》殿の書いた願文じゃ。蔵を整理していたら出て来た。わしも良く、人生は一つの夢ではないかと思う。邯鄲《かんたん》の夢、という話は知っておるだろう、大富豪として五十年も生きて来たと思ったら、貧乏な男の夢に過ぎなかったという話じゃ。わしはこれを読んだ時、わしは今将軍だと思って生きておるが、実は貧乏人の夢に過ぎないかもしれないと思ったものだ」

「それは面白い。確かに上様の人生は庶民にとっては夢の又夢で御座いますから」

「そちだってその年にして京都で知らぬ者とて無い人気役者、皆の夢の人生を生きておるではないか」

「私ども役者など、上様に比べたら無きに等しい者。儚い人気に支えられた因果な稼業に御座います」

「それは将軍とて同じ事よ、盤石に見えていつひっくり返されるか分からない。知っての通り、皇統は南北に分かれておる、鎌倉公方の氏満は明らかにわしに対抗意識を持っておるし、諸国の守護どもは勿論、何かと楯突く延暦寺に興福寺、周りの中の者が皆、わしを狙って虎視眈眈としておるわ」

「ですが、京都はこの十四年来戦乱もなく天下は泰平だと皆が申しております」

「今の所、管領の細川頼之が上手くやってくれているからな。しかし、いつまでもこの状態が続く訳では無い。いつかはわしが自分で、南北朝に決着をつけ、反抗する者を全て無くし、争いの無い世にしようと思っておる。そちには分からないかもしれないが、わしにはそんな未来が見える様な気がするのじゃ。明国人も羨む様な、平和で豊かな美しい京都の町、そちが昨日より更に完璧な能を演じ、わしは何千もの民と共にそれを見ている」

それは世阿弥は勿論、当時の誰もが実現するとは思わなかった様な、気宇壮大な夢物語であった。帰り際に碁盤や最新流行の派手な扇子など、様々な贈り物を受け取った世阿弥は、輿の中で物思いに耽った。目を閉じると自分だけを見つめる将軍の大きな目が浮かんだ。

「上様はとてつも無く大きな夢を持ったお方だが、何と気さくに話してくれた事だろう。まるで友の様に。ひょっとして本当に友だと思って下さったのだろうか」

淡い期待に身を委ねかけて、慌てて首を振った。

「まさか、そんな事がある筈は無い。もう二度とお呼びは掛からないだろう。上様は俺の事など忘れてしまわれるだろう。だが、俺はこの日の事を決して生涯忘れないだろう。紅の、初花染めの色深く、思ひし心われ忘れやも……」

一方の義満は、聡明な世阿弥との打てば響く様な会話に、すっかり満足した。日頃話す相手は父親の様な年齢ばかり。自分より年下でかくも身分の違う男と、これ程自然な会話をしたのは生まれて初めての経験であった。何しろ生まれた時から将軍と成る事が決まっていたので、誰も対等に話そうとしなかったし、本人も幼少の頃から誰に教わる事なく、将軍然としていた。六歳の頃、摂津の琵琶塚という景勝地を通りかかった時、その景色の美しさが気に入り、左右の者に

「切り取って持って帰れ」

と命じた程である。それに加えて、離反、寝返りが日常茶飯の南北朝時代の事、誰も本当に信用が出来無いから友達など出来ようが無かった。しかし、世阿弥は一介の能楽師、政治とは全く関わり無いから心を許せる様な気がした（実際そうでない事が分かったのは数年後の事だった）。

義満はその後何度か世阿弥を呼ぼうとしたが、奈良の東大寺の経弁という僧の稚児として勤めながら勉強をしている上に能の練習や公演にも忙しく、そうそう京都迄はやって来られない。その内、義満に世阿弥との会話を聞かされた二条良基が好奇心を抑えられなくなり、自邸に呼ぶ画策を始めた。

——経弁なら知らぬ仲ではない。藤の見頃に興福寺との争議や人事に託《かこつ》けて呼び出して、世阿弥を連れて来させよう——

思い付くと早速経弁に連絡を取り、首尾良く世阿弥を呼び出す事に成功したもの

の、今度は何を贈り物にしたら良いだろうかと悩み始めた。着物、陶磁器、書画骨董、文具、茶、菓子、珍味、どんな物であれ京都の最高級品を知り尽くしている二条良基も、十二歳の能役者が何を喜ぶかなど、見当も付かない。何日か悩んだ末、名前を与えるという妙案を思い付いた。何しろその頃の世阿弥の芸名は鬼夜叉、貴族にとっては口にするのも憚られる響きだったからである。

――世阿弥は源氏物語でいえば若紫。十一か十二歳の頃に、大勢の子供達の中から光源氏に選ばれた所がぴったりではないか。紫を我が藤原家の藤と変えて、若藤、いや、ひっくり返して藤若はどうか。おお、我ながら美しい名前を思い付いたものだ。早速和歌にして扇子に書いておこう――

或る晴れた春の一日、経弁が世阿弥を連れて二条良基邸にやって来た。庭には満開の藤の香りが漂っている。質実な将軍邸に比べて、流石に優美で贅沢な邸宅である。上流人士の中に入るのには大分慣れたとはいえ、最上級の貴族である二条良基の館を訪れるのは、世阿弥にとっても特別な経験であった。二条良基は経弁を迎えると仕事の話を手短に済ませ、早速側の世阿弥に話し掛けた。怖がらせない様に出来る限りの笑顔を湛えたつもりだったが、却って皺が寄り過ぎて、五十五歳という年齢より老けて見えたかもしれない。

「こちらがあの、ご聡明な将軍殿の御目に適った世阿弥殿かな。歌や踊りは言うに及ばず、蹴鞠や和歌もなかなかの腕前とか。この様な老人でも和歌の話ならご相手出来ましょう。お好きな和歌は何ですか」

「藤原定歌卿のこの和歌が大好きです。『駒とめてー　袖打ち払ふ　陰もなしー佐野のわたりのー　雪の夕暮れー』」

澄んだ声で朗々と和歌を詠じて見せた世阿弥に、二条良基も経弁も圧倒された。しかも和歌の選択は貴族好み、完璧である。

「でも、どうしてこの和歌がこんなにも美しく感じられるのでしょう。単純で意味が無い様に思えるのですが、何か隠された意味、秘伝でもあるのでしょうか」

世阿弥の鋭い質問に二条良基は内心たじたじだったが、如何にもこの道の最高権威らしくもっともらしく答えた。

「歌は面風の如し、と言いましてね、言葉以上の意味は無いのですよ。この和歌にも何の秘伝もありません。仮令《たとえ》意味が無くても美しいものは美しいのです。貴方がこの和歌を美しいとお思いになったのは特別に才能がおありになるからでしょう」

「分かりました。有難う御座います」

世阿弥は、この和歌に何の秘伝も無いと聞いて、長年の謎が解けた気がした。しかし、特別の才能があると言われたのが気に懸かった。父観阿弥はいつも、こう言っていたからだ。

「本当の美は、万人に分かるものだ」

暫く会話を交わして一緒に和歌や連歌を詠んだ後、世阿弥は庭の藤棚の下で舞と歌を披露した。二条良基はその美しさにすっかり心を奪われてしまった。

――二月の柳の風よりも嫋《たお》やかで、秋の七草の花が夕露に萎れる様より麗しい。楊貴妃の舞を見ているのではあるまいか。将軍様が賞玩されるのも無理は無い――

舞が終わると、栂尾産の最高級の茶に、経弁手土産の奈良名物、「林浄因の饅頭」が供された。饅頭は当時としては新しい、中国風の菓子。二条良基の好物の一つであった。茶を飲み終えると、経弁はそろそろ帰らねばと腰を浮かせた。

「もうお帰りか、お名残惜しい事。和歌に歌に舞に、この老人はすっかり堪能致しました。お礼に名前を差し上げましょう。この扇子に書かれた様に、『藤若』。如何かな」

扇子には如何にも貴族らしい、流れる様な達筆で藤若の二字と和歌が書かれていた。

『松が枝の　藤の若葉に　千歳まで
かかれとてこそ　名づけそめしか』

二人が帰ると、興奮醒めやらぬ二条良基は早速経弁宛てに手紙を認めた。

『藤若（世阿弥）に暇があれば是非又一緒にいらして下さい。今日は一日とても楽しく、心がぼーっとしてしまいました。能は勿論の事蹴鞠や連歌にも堪能とは、只者ではありません。何より顔立ち、雰囲気はふんわりしているのに中身はしっかりしており、これだけの名童は滅多にいないでしょう』

以下、春の曙の霞の中の梨か桜の花だの、柳の木だの、秋の七草だの、楊貴妃だの、源氏の花の宴だの、有りと凡ゆる文学的修辞を連ねて絶賛した挙句、こう締め括った。

『私は自分を埋もれ木に成り果てた身だと思っておりましたが、まだ煌めく心を持っていたのだと分かりました。この手紙は読んだらすぐ、火中に入れて下さい』


十代の義満の言動は、細川頼之にとってかなり度を越したものに思えた。一三七四年八月、反対を押し切って建国間もない明の初代皇帝洪武帝に使者を送るも、相手にされなかった。一三七四年十二月にインド人を小姓に雇ったかと思うと、博多に住む中国人医師を呼び寄せようと大騒ぎして断られた。翌年三月二十七日には、石清水神社を真新しい、身分不相応に豪華な牛車で訪れて人目を惹いた。この時は将軍の権威を見せる為と、細川頼之自身も他の大名と共に数百騎を引き連れて供奉したが、多くの見物人が集まり、都は大変な騒動になった。そして何より一介の能役者に過ぎない世阿弥を度々呼び寄せ、対等の友人の様に付き合い始めた。まるで保守的な大人達が驚くのを楽しんでいるかの様だ。細川頼之はこれは若さの故か、義満の性質なのか、測り兼ねたが、落ち着かせる為には結婚させるのが一番の方法だという結論に達した。折よく、公家の日野宣子《のぶこ》が、自分の姪の日野業子《なりこ》を義満の正室にどうかと推薦して来た。意外な事に義満はすぐさま承諾した。実は義満は内心、結婚したいと思っていたのである。というのも、三月二十五日に初めて参内し、同年齢の従兄弟である後円融《ごえんゆう》天皇に会った時、宮中に若い女性が大勢いる事に気が付いたからである。天皇は、義満の様に才気煥発でも無ければ魅力的でも無い。しかし、あわよくば寵愛に浴したいと願っている若い女性達に囲まれているのだ。全ての面で優位に立ちたかった義満は、この時、天皇より先に結婚し、子供を作ろうと心に決めたのだった。義満の承諾を喜んだ細川頼之は、念の為に質問した。

「日野宣子様からのご縁談をご承諾なさったのは誠に喜ばしく存じます。業子様は名家である日野家の才色兼備のお嬢様、只、御年が二十四歳と、将軍殿より七歳も年上、本当におよろしいのですか」

「わしは愚かな若い娘は嫌いじゃ。賢い、大人の女性が好きなのじゃ。光源氏だって、最初の妻葵上《あおいのうえ》は四歳年上。本当に好きだった藤壺は五歳年上だったではないか」

細川頼之は、源氏物語が引き合いに出された事にはあまり感心しなかったが、愚かな若い女より賢い大人の女性が好きだという、如何にも将軍らしい言葉には満足した。後円融天皇への対抗意識で結婚を承諾したなどとは思わなかった。

義満が結婚して以来初めて、世阿弥は三条坊門第に呼ばれた。

「随分長い事会わなかったが、どうしておった」

「以前と変わらず稚児勤めに勉強、能の稽古に公演と、毎日忙しくしておりました。上様こそ、ご結婚されて如何お過ごしでいらっしゃいましたか」

「やっと子を宿した事が分かった所じゃ。来年にはわしも一児の父と成る。就いては出産に立ち会おうと思っているのじゃが、そちも参るか？」

「ご出産に立ち会う？　と、とんでも御座いません！」

「そうか、面白いとは思わないか？　赤子が生まれる瞬間とはどんなものか、わしは前から見たいと思っていたのじゃが」

「全く、上様の好奇心には驚かされます。私は能の事にしか興味が御座いません」

「何にでも興味は持った方がいいぞ。特に最高の能を作ろうと思ったら、凡ゆる物の、最高の水準を知っておるべきじゃ。そうじゃ、奈良などに引っ込んでいないでそろそろ京に移り住んだらどうじゃ。丁度室町に新しい屋形を造る予定じゃ。お前の部屋を一つ用意してやるから、そこに住んでわしと勉強しないか。一緒に雅楽を聴いたり、公家の宴会に行ったり出来る。良いと思わないか」

「それは勿論、願ってもない幸せで御座いますが、管領殿が果たして何と仰せになるか……」

「管領が何と言おうと、決めるのはわしじゃ。構う事はない。それより庭に出よう。新しい屋形の計画を教えてやる」

二人は庭に出て、池の前に立った。

「この池は小さ過ぎて舟も浮かべられぬ。新しい屋形にはずっと大きな池を造ろうと思っておる。そして橘、梅、藤、沈丁花、有りと凡ゆる花の咲く木を植えて一年中花の香りを絶やさぬ様にするのじゃ。池の辺りには大きな舞台のある部屋を作るつもりじゃ」

義満がそう言い終えた時、二人は同時に目の前の池に目を落とした。折しも風がなく、澄んだ、鏡の様な水面に二人の姿が映っていた。片や十八歳の征夷大将軍、片や十三歳の人気能役者。身分も姿も対照的であったが、太陽と月の如く、それぞれの輝きを放っていた。義満は自分達の姿に見惚れ、出来る限り世間に見せびらかしたいと思った。一方世阿弥はいつ迄もこの仲が続く訳が無い、という冷めた思いを抱いていた。

「ちやほやされるのは若いうちだけ、いずれ飽きられるに違いない。戻る事の無いこの瞬間を懐かしく思い出す日が、いつか来るのだろう」

やがて池に映った二人の姿はさざ波に儚く消えた。

「今日は今暫く留まれ。ゆっくり話したい事がある」

部屋で軽い夕食を取った後、二人は日の暮れた夜の庭へ出た。月は未だ出ていないので、星が美しく輝いて見える。二人は池に渡した小さな太鼓橋の真ん中に並んで座った。

「わしはこうして星を眺めるのが好きなのじゃ。星を見ていると不思議な気持ちになって疑問がどんどん湧いて来る。どうして生まれて来たのか、わしは一体何者なのか。何の為に生きているのか。誰も教えてくれないからいつもこうして一人で考えておる」

「私もこの頃良く、どうしてこの世に生まれて来たのだろう、人はどうして死ぬのだろう、と考えていた所です」

「死んだらどうなると思う？　そちは輪廻転生を信じるか？　わしは良く、尊氏殿の生まれ変わりだと言われる。亡くなって丁度百日後に生まれたからな。でもわしには分からぬ。前世を覚えていたら良いのにと思うのじゃが」

「将軍としてお生まれになったからには、上様の前世は輝かしいものであったに違いありません。でも覚えていらっしゃら無いのはお知りになる必要が無いからではないでしょうか。前世をお忘れなら、忘れる意味があっての事。前世を詮索して今の人生の時間を無駄にするな、と父の観阿弥は常々言っております」

「成程、一理あるな。今の人生に集中せよという事か。しかし、この世に生まれた意味はどうじゃ、何だと思う？」

「それはまだ分かりませぬ。只、能を極めていく内に見つかるのではないかと。その為に日夜精進を重ねているつもりです」

「それならわしは、将軍として職務に励んでおればいずれ生まれて来た意味が分かるというのか。わしは今すぐ、知りたいのじゃ」

「何も今お知りになる必要は無いのではありませんか」

「管領の細川頼之も同じ事を言いおった。奴に、己の生きる意味を知っているかと問うたら、まだ知らないが別段気にしていないと答えおった。あの年で未だ人生の意味を知らないとは、呆れたものじゃ。佐々木道誉は、死んだら絶対極楽に行きたい、と言っておったが、わしは所謂極楽だの地獄だのは信じない。生きて極楽に行った者はいないのだからな。阿弥陀来迎図から出て来る紐を握って死ねば極楽往生出来るなどとは馬鹿げた話だと思わないか。あの、何でも知っている二条良基も、実は生きる意味は知らないとわしに白状しおった。死んだら消えて無くなるのではないかともな。わしは、そうは思わん。あいつは目に見えるものしか信じ無い俗物じゃ」

「目に見えるものしか信じない……私は目に見えるものの方が信じられ無い様な気が致します。目に見えるものよりもいっそ夢の方が確かな様な。『夢とこそ　いふべかりけれ　世の中に　うつつある物と　思ひけるかな』」

「それはわしも大好きな和歌じゃ！　確か紀貫之だったたな」

「上様もお好きとは、嬉しゅう御座います。ところで、上様は夢をご覧になりますか。私は毎晩あまりに沢山の夢を見るので、朝になるといつも何が現で何が夢なのか分からなくなってしまう位なのですが」

「そうか、わしは最近滅多に夢を見ないぞ。事に依るとわしは聖人かもしれん。何しろ聖人夢を見ず、という諺がある位だからな。いや、そういえば去年迄は似た様な奇妙な夢を見ていたものじゃった。夢の中でわしはいつも重病で床に伏しておる。そこへ必ず悲しそうな顔をした長い髪の女人がやって来て、袖でわしの額の汗を拭ってくれるのじゃ。それも涙を零《こぼ》しながら。それが同じ女人だという事は確かなのじゃが、不思議な事に髪の毛の色がいつも違う。黒、茶、紅、眩い金色だった事さえある！」

「金色の髪？　それは又何と珍しい！」

世阿弥は突飛な夢の話に驚いて声を上げた。義満がこの奇妙な夢の話を打ち明けたのは世阿弥にだけだった。

一三七七年一月十二日、義満の正室日野業子は夫の立ち会いのもと、女児を出産したが、その赤子はすぐ死亡した。祝いの品々を用意していた周囲の者は当惑し、義満がどれ程落胆するかと心配したが、当の本人は平静を保った。まだ若かった事もあり、その後彼に子が出来たのは四年後の事だった。一方同年齢の従兄弟後円融天皇には、半年後に男子が出来た。後の後小松《ごこまつ》天皇、母は三条厳子《さんじょうたかこ》である。その頃には義満は最早後円融天皇と張り合う必要など感じていなかった。お洒落で美男で聡明にして話し上手、しかも気前が良くて真の権力者である義満に、宮廷の全女性の関心が集中していたからである。義満のあだ名は究極の伊達男、光源氏であった。義満も、女性達をあっと驚かせる様な贈り物を持って彼女らの許《もと》に通うのを最大の楽しみにしていた。子作りを忘れさせるもう一つの楽しみは、室町通りに建設中の新居であった。仮住まいが出来る様になると早速移り住み、庭園や内装を事細かに指図し始めた。特に花には拘《こだわ》り、多くの貴族邸から目ぼしい名木を取り上げたが、特に名高い「近衛家の糸桜」を神主にお祓い迄させて移植した時には世間が呆れ返った。しかし、月が眺められる様に周到に配された平安貴族好みの釣り殿や、当時流行りの舞台付きの大きな会所など、新旧文化を巧みに取り入れた贅沢な邸宅の全貌が明らかになるに連れ、万事に煩《うるさ》い京都の公家達でさえ、この青年将軍の趣味の良さ、目の高さには一目置く様になっていった。やがて四季折々花の絶えない華麗な室町第は、「花の御所」として人々の賞賛の的となる。同じ頃義満は世阿弥を奈良から呼び寄せ、貴族の宴会や雅楽、花見、紅葉狩り、和歌の会などに同席させる様になった。八月には旧居である三条坊門第で観阿弥の能を鑑賞し、隣に侍《はべ》らせていた世阿弥にこう言った。

「お前がどんなに小賢しい芸を見せても、まだまだ親父殿には敵わないな」

管領細川頼之は、一向に落ち着かない義満の行状に嘆息するばかりだった。

連歌とは、平安時代末期に始まった、複数の詠み手が和歌を一つずつ詠み、繋げて行く遊びである。前の句と意味が繋がらない様に態《わざ》と変化を持たせ、和歌の意味を思いも寄らぬ方向にずらして行く、言葉遊びの様なものである。それが貴族ばかりでなく広く庶民達の間でも流行し、鎌倉、室町時代には桜の木の下で凡ゆる階層の男女が集い、挙《こぞ》って連歌を巻くという社会現象に迄発展していった。貴族中の貴族である二条良基も、自宅の連歌会《れんがえ》に高僧や公家ばかりでなく、身分の低い連歌師を招待していた。この様に、平安時代には考えられ無かった身分階層を超えた交流が時代の風潮であり、この波に乗れない公家は衰微し、変化に聡《さと》い二条良基の様な者だけが生き残っていった。一三七八年四月二十日、二条良基邸で催された連歌会に、京都を代表する知識人である公家、高僧に交じって、世阿弥が招待された。只一人元服前で髪が長かったので、垂髪《たれがみ》というあだ名で呼ばれた。連歌の最初の一句は招待客の中の長老が作る。その後順次句が付けられて行き、二条良基の番になった。

「いさをすつるはー　すてぬのちの世ー」

自分の功績に慢心し過ぎると、次に生まれて来た時は功績の無い人となる、という、洒脱な二条良基らしからぬ、重い句である。本人は、敢えて偶にはこの様なもっともらしい句も面白いかと思ったのだが、次の番が世阿弥だったのに気が付いて、後悔した。もっと子供向けに易しい句を配慮すべきであった。

「なかなか含蓄深い句で御座いますな。しかし垂髪がこの後をどう繋げるか。いやはや、私の番で無くて本当に良かった」

一人の高僧の意見は皆の気持ちを代弁していた。しかし、人々の心配を他所に、世阿弥は涼しい顔でさらさらと短冊に句を書き、詠み始めた。

「罪をしるー　人はむくひのー　よもあらじー」

罪を犯しても罪を犯したと自覚のある人には報いの後世など無い、慢心し過ぎたからといって報いを受ける事は無いだろう、という句である。注目していた一同は前句以上に深淵な句に、息を呑んだ。暫しの沈黙の後、賞賛の声が上がった。

「まっすぐで説得力がありますな」

「罪、という出だしが強くてよろしい」

「さらっとしている様で、実に深い」

「これは賢者の句ですな」

最後に結論付けたのは二条良基であった。世阿弥は彼らの皮相的な意見に失望した。世阿弥は、親鸞の『善人なおもて往生する、いわんや悪人をや』を意識した句を作ったつもりであり、居並ぶ天台宗、真言宗の高僧達が、敵愾心を抱く親鸞の様な句にどんな皮肉を言うか、試してみたのである。ところが、そんな深い意図に気が付いたものは皆無だった。

――これだけ錚々《そうそう》たるお歴々が集まっても深い議論にはならないものなのか。連歌など結局は言葉遊び、虚しい暇つぶしに過ぎない様だ。俺が芸術に求めるのは、もっと違う何かだ。少なくとも古今集や新古今集の和歌にはその何かがある。だからこそ何百年経っても心を打つのだ。こんな下らない連歌など、作っても作ってもすぐに忘れられ、残る事は無いだろう――

世阿弥は、鳥の囀《さえず》る美しい庭園を眺めながら自分の世界に没入してしまった。気が付くともう、二条良基の番である。

「聞く人ぞー　心空なるー　ほととぎすー」

ぼんやりと庭を眺める世阿弥に気が付いた人々は大笑いをした。

「確かに垂髪は先程からうつけの様にほととぎすの鳴く声を聞いておられたな。お茶を運んで来たおなごの事でも考えておいでか。それとも、もっと大切な御仁の事を考えておいでかな」

公家の一人が思わせぶりに世阿弥の顔を覗き込んだが、真剣に句を捻る世阿弥は気が付かないふりをした。二条良基の句は、実は新古今集にある馬内侍《うまのないし》の歌『心のみ　空になりつつほととぎす』を借用したものだったが、気が付いた者は少なかった。ともあれ二条良基は自分の句の出来栄えに満足だった。最初の重い句からは打って変わって軽い句。一座もすっかり和み、理想とする平安貴族的な雰囲気に少し近づいたかの様であった。ややあって、世阿弥が自分の句を澄んだ高い声で、ゆっくりと朗誦し出した。

「しげる若葉はー　ただ松の色ー」

一同はその声に、姿に、若さに、すっかり魅了された。しかも良く良くその句を吟味すれば、極めて技巧的で、二条良基の句以上に貴族的な香りが漂っている。まず、鳥の鳴き声という聴覚イメージの後に緑の若葉という視覚イメージ、というコントラストが良い。実際に二条家の庭は緑で溢れ返っている。又、松は「待つ」の掛《か》け詞《ことば》であるので、ただ松、とは只待っている、という意味にも読み取れる。つまり、庭の若葉を描写しつつ、私は只連歌の順番を待っていただけですよ、とも言っているのである。これこそ貴族的な連歌の見本である。皆その見事さに舌を巻くと同時に、本当にこの年若い稚児が掛け詞を分かって使ったのだろうか、と疑った。

「松は待つの掛け詞、私は只順番を待っているだけ、という意味を掛けられているのですな」

皆の疑問を二条良基が確認した。

「左様で御座います」答えを聞くや、絶賛の嵐となった。

「鳥の鳴き声から若葉の緑という流れが素晴らしい」

「何とも古風で雅びな香りが致しますな」

「掛詞がお見事。これは本日最高の句ではありませんか、良基殿」

「如何にも。以ての外の美、とでも申しましょうか」

「以ての外の美、成程、正にその一言に尽きますな」

公家も高僧達も、良基の結論を聞くや、口々に世阿弥の句を褒めそやした。能の世界は観客に受けるか受けないかが死活問題だから、常に有りと凡ゆる技巧を凝らさねばならない。この程度の技巧で大騒ぎする貴族達は何と呑気な連中だろうと、世阿弥は驚いた。そしていつか自分で能を作る時は掛け詞をふんだんに使ってやろうと心に決めたのであった。

義満は一三七八年三月二十四日に権大納言に任ぜられて大層喜んだ。天下の将軍が何故官位に拘るか。京都では何より官位が重要なのである。幾ら政治上の実権を握っていても、征夷大将軍というのは天皇に任ぜられた武士の棟梁に過ぎず、絶対的に尊敬されていた訳では無い。公家の中には、こんな若い武士が権大納言だとは呆れた世の中だ、などと日記に書き付ける者もいたが、聡明で公家に劣らぬ教養を備えた義満の出世は、異例であっても当然、というのが一般的な受け止め方であった。因みに祖父尊氏、父義詮《よしあきら》、共に三十歳過ぎて権大納言と成り、それが最高官位であった。

一三七八年六月七日の祇園祭は、京都の人々に強烈な印象を残した。何しろ、豪華に設けられた貴賓桟敷席から、二十歳の将軍にして新権大納言である義満が、十五歳の能役者世阿弥を隣に侍らせて祭りを見物したのだから。同じ桟敷席の公家や有力守護達は、興味津々の面持ちで二人を注視していた。実はこの頃誰もが義満の世阿弥に対する寵愛振りを知っていて、義満のご機嫌を取る為に競って世阿弥に高価な贈り物を送り付けていたのだった。

「四月の二条良基殿の連歌会では、世阿弥殿の句に誠驚かされました。能役者の作とはとても思われぬ、素晴らしい出来栄えでした」

公家の一人がお追従のつもりで義満に話し掛けた。

「能役者の作とは思われぬ、とは失礼ではあるまいか。身分や職業で人を測るものでは無い、勝るをもうらやまざれ、劣るをも卑しむな、という諺をご存知無いかな」

義満の冷ややかな言葉に当の公家は震え上がった。

「恐れ入って御座います。と、とんだご無礼を。只、私めは……」

「只、能役者に偏見を持っていただけ、という事じゃな。良いか、仏の前では一切平等、確かそうでしたな、御僧」

卑屈な公家に少し苛立った義満は、隣の高僧に語り掛けた。

「流石権大納言殿、仰せの通りに御座います。悉皆《しっかい》平等、み仏の前には上も下も御座いません。この様な若き賢者を将軍に持つ我らは誠、果報者で御座いますな」

高僧の白々しいお世辞に、義満は内心虫唾が走る思いを感じた。この僧が、公家以上に偏見の塊で、しかも蓄財に余念無いのを良く知っていたからだ。

——誰も彼もわしの機嫌を伺って、諂《へつら》うか怯えるかだけじゃ、詰まらん——

偽善的な会話に飽き飽きした義満は、椀の汁を一口飲んで、隣の世阿弥に顔を向けた。

「む、これは美味い！　そちも飲んでみよ、それ」

義満から目の前に椀を突き出された世阿弥は断る事も出来ず、恐る恐る汁を啜った。栈敷中の視線が二人に集中した。

祭りの行列が終わると、義満は屋敷へ戻る為、豪華な牛車に悠然と乗り込んだ。一足遅れて乗り込もうとした世阿弥の側で、公家の三条公忠《きみただ》が、聞こえよがしに連れの公家に話し掛けた。

「盛りの花は美しい。しかし、どんな花もいずれは枯れて萎れるもの。今が花、今が花よのう」

二人の公家は世阿弥の方をちらちら見ながら女の様にくすくすと笑った。当て付けを感じた世阿弥は深く傷ついた。室町第に戻った義満と世阿弥は共に茶を飲んで一服した。世阿弥はいつになく寡黙であった。

「世阿弥、祭りはどうじゃった。面白く無かったか。どうした、浮かぬ顔をして。

何か心配事でもあるなら、何なりと申せ」

一度小さな溜息を吐いて、世阿弥は重い口を開いた。

「上様、一つお願い事が御座います。元服式をさせて下さい。私ももう十五歳。この年でまだ垂髪では、大稚児と言って笑われます」

「元服式じゃと。それなら駄目じゃ。稚児の特権をなるべく生かさねばならん。雅楽、舞楽も奥は深い。もっともっと聞き込まねばその神髄は分からない。宮中の女人達もしっかり見ていないじゃろう。あれだけ大勢いて、美しいのはあまりいないが、少なくとも衣装はどれも見る価値がある。兎に角何でも能の為になる。人から笑われようが気にする事は無い。そちは元服したら只の地下人《じげにん》、権大納言のわしに会うのも面倒な事になる」

「気にする事は無い、と仰られても、心が痛みます」

「さては今日、何か言われたのだな」

「は、はあ。でも直接にではありません」

「面と向かって侮辱された訳では無いが、間接的に、という訳じゃな。それは誰じゃ」

「確か、三条公忠殿だった様な」

「三条公忠、天皇正室の厳子の親父殿じゃな。面白い」

「どうか復讐などとはお考えにならないで下さい」

「復讐したい程の侮辱だったのじゃな。良し良し、そちの為なら何でもしてやるぞ」

「それよりも早く元服させて下さい。上様は私の気持ちなどちっとも分かっていらっしゃらない。どんな気持ちなのか、きっと一生お分かりにならないでしょう。だって、只の一度も心を傷つけられた事など無いのですから！」

世阿弥は突然義満に向かって大声を上げ、涙を流した。義満は驚いて眉を大きく引き上げた。誰かに大声で怒鳴られたのは生まれて初めての経験だった。そして、只の一度も心を傷つけられた事が無い、というのは紛れも無い事実だった。将軍に生まれついた義満は、恐らく死ぬ迄誰からも侮辱される事など無いだろう。

「じゃあ、何をしたら良いのじゃ。何をして欲しい、言ってみよ」

義満は、興奮した世阿弥を宥める様に優しい声で聞いた。

「只、友であると、いつ迄も友であると、誓って下さい」

「よしよし、わしはいつ迄もそちの友だと誓う」

世阿弥は落ち着きを取り戻し、どうして義満に怒鳴る事が出来たのか、不思議に思った。同じ日の夜、三条公忠は日記にこう書き付けた。

「祇園祭りを見物した。例の少年芸人が将軍と同席し、同じ器を使っていた。能など、乞食《こつじき》所行、この様な輩を賞玩するとは奇怪である。将軍に諂《おもね》る大名らは競ってこの少年に贈り物を与え、その金額たるや莫大なものになるらしい。何と浅ましい時代と成った事だろう」

第二章　変化（一三七九年）

義満が室町第の建設や公家との社交生活に現を抜かしている間、管領の細川頼之が政務を万事取り仕切り、将軍同様の権限を行使していた。面白く無い有力守護達は数回に亘り細川頼之を権力の座から引き摺り下ろそうと画策したが、いずれも失敗に終わっていた。しかし執拗な守護達の試みが遂に成功する時が来た。一三七八年十二月十四日、義満は反乱軍鎮圧の為、東寺に陣を構えた。ここに義満の弟で十四歳の満詮《みつあきら》が、緋縅《ひおどし》の鎧姿も凛々しく数百人の兵を従えて参加し、その美男振りが評判となった。兄弟の軍は一週間に亘って東寺に待機していたが、結局戦わずに解散した。この「反乱」というのは実は前管領の斯波義将《しばよしゆき》が細川頼之を追い落とす為に仕掛けた複雑なトリックの一端であった。この結果京都は反頼之派の軍に包囲され京都は大混乱に陥り、兎にも角にも細川頼之が追放されなければならない状況に追い込まれてしまった。一三七九年四月十四日、義満は有力守護を室町第に招集し、遂にその意に反して細川頼之の罷免を宣言した。細川頼之と言えば将軍を補佐する管領であったが、義満の父義詮が死の床で「汝に一子与えん」と、十歳の義満を託した男、謂わば第二の父。しかもその妻は義満の乳母。弟満詮と違って幼い時から母から離れて育った義満にとって実母以上の存在であった。この様に実の両親以上の存在である細川頼之夫妻を自らの手で追放しなければならないとは、正に痛恨の極みであった。しかし、当の頼之は、守護達の醜い権力闘争にこれ以上巻き込まれたくないと思っていたので、淡々としたものだった。

――守護共は皆、権力の亡者、嫉妬と怨念のみで動いておる。管領の権限がそんなに羨ましいなら、呉れてやるわ。わしには何の未練も無い。義満殿も、もう立派な大将。危なっかしいと思っていたがどうしてどうして、いつの間にか尊氏殿譲りの不思議な御威光を宿らせておいでじゃ。満詮殿も皆にあれだけ慕われている事だし、あの御兄弟ならば兵は皆付いて行くに違いない。わしも安心して引っ込む事が出来る――

実は細川頼之には、管領の職を離れて密かに期する事があった。南朝との交渉である。これ程微妙かつ複雑な政治交渉は、生半可《なまはんか》な守護に任せる事は出来無い。正式な追討令を受けた細川頼之は、四十八歳で壮絶な戦死を遂げた父、頼春の事を思った。頼春は、義満の父義詮を守る為、手勢三百騎で三千騎の敵を迎え撃ち、落馬しても尚敵二人を切り、遂に槍で突かれて絶命したという。又、十八年前に風情ありと評判を呼んだ、佐々木道誉の都落ちの事も頭を過《よぎ》った。道誉は屋敷を出る際、後から入って来る敵将楠正儀《まさのり》の為に部屋を美しい花瓶や香炉で飾り立て、王羲之《おうぎし》の書を掲げ、三石の酒を振る舞う侍者迄残して去って行ったという。

「父上には武勲もあるが、和歌も上手かった。『梓弓　家に伝えて　青柳の　いともかしこき　ならひにぞ弾く』だったかな。わしにはとても真似が出来無い。佐々木道誉程の風流も出来ぬ。まあ兎に角、わしはわしの流儀で行くしかあるまい」

翌日の朝早く、頭を丸めた細川頼之が三百騎を従えて悠然と都大路を下り、京都を後にした。その、一糸乱れぬ見事な行列振りに京都の人々は感嘆した。京都を取り囲んでいた数千人の反頼之派軍勢も攻撃を仕掛けず、敬意を表して見送った。主のいない部屋の机上には、頼之自らが書いた七言絶句が残されていた。

『人生五十　功なきを愧《は》づ
花木春過ぎて　夏すでになかば

満室の蒼蠅は　掃えども　尽くし難し
去りて　禅榻《ぜんとう》を訪ね　清風に臥《が》せん』

頼之を守り切れなかった為に、珍しく鬱々としていた義満は、この頼之の七言絶句を伝え聞いて、快哉を挙げた。

「蒼蠅だって？　上手い事を言いおる。あの、欲の皮の突っ張った守護共は全く煩い蠅じゃ。頼之よ待っておれ、いつか蠅共を掃って必ずそちを都に戻してやるからな」

京都が政治的に混乱しているのを見て、鎌倉の足利氏満が将軍職を狙って反乱を企てた。氏満は義満の一歳年下の従兄弟である。しかし、関東管領の上杉憲春《のりはる》が切腹して氏満の野心を思い留まらせた。反乱は未遂に終わったとはいえ、義満にとってはかなり大きな衝撃であった。

同じ頃、義満は世阿弥の父観阿弥が実は楠正成の甥である事を知らされた。楠正成といえば南朝の代表。言わずと知れた足利尊氏の宿敵である。

「しかし、楠正成の様な武士の甥がどうして能役者になど成ったのじゃ」

「観阿弥の父は伊賀の御家人服部家、母が正成の妹、何でも長谷寺のご託宣とかで三男の観阿弥が役者に成ったとか。真偽の程は分かりませんが、兎に角、観世座が南朝方と通じている可能性は十分考えられます」

「ふん、もしわしが世阿弥に寝首を掻かれでもしようものなら末代迄の恥、女装のヤマトタケルノミコトに為て遣られた熊襲《くまそ》の様じゃな」

内心の動揺を悟られたくなかった義満は態とこう言い放って皆を大笑いさせた。

――観阿弥が己の出自を知らぬ筈はあるまいが、果たして世阿弥が知っているかどうか。何がどうあれ、わしは世阿弥を信じたい。仮令《たとえ》南朝の間者だとしても、南北朝の争いが無くなれば、わしを暗殺する必要も無くなるだろう――

東寺に陣を構えた時点で、既に義満は世阿弥を家に帰していた。南朝方との関係が明らかになった今、そう簡単に室町第に呼び戻す事は出来無くなってしまった。

――この一年で色々な事が変わってしまった。細川頼之はもう京都にいない。心を許せる唯一の友だと思っていた世阿弥ともあまり会えなくなるだろう。良し、これからわしは誰にも頼らず、一人で戦って、絶対に勝って見せるぞ。反抗する者は全て抑え込み、懐柔出来る者は全て懐柔し、頼之を京都に再び迎え入れてやる。南北朝にも決着を付けて京都で世阿弥に能の公演をさせるのじゃ――

――しかし、わしは未だ、どうして生まれて来たのかを知らない。それが分からなければ、戦い始められない。誰か教えてくれる者はいないだろうか。京都の僧侶達は贅沢な暮らしをしているだけでちっとも中身が無い。鎌倉の禅寺の僧達は清廉だと聞くが、氏満の師事している義堂周信《ぎどうしゅうしん》はどうだろう。今なら氏満も断れまい――

室町第から家に戻された世阿弥は、毎日一心不乱に能の稽古に励んでいた。十六歳になり、声変わりが始まっていた。「天才子役」を脱皮して真に一流の大人の役者に成れるかどうかの正念場を迎えていたのである。

細川頼之が郷里の四国に戻ると、二十九歳の斯波義将が念願の管領職に就いた。以前細川頼之と対立して丹後に潜んでいた禅僧の春屋妙葩《しゅんおくみょうは》も、頼之追放を見計らった様なタイミングで京都に戻り、五山第一の南禅寺の住持に就任した。義満は早速二人と会見、慇懃に祝意を伝えた。

――二人ともあまり虫は好かんが、どちらも有能である事は確かだ。煽れば幾らでも働くだろう。せいぜい上手く利用する事にしよう――

政治的な混乱も収束し、室町第がほぼ完成した頃、義堂周信が鎌倉からやって来て義満と初めて会った。

「これはこれは義堂周信殿、鎌倉から遠路遥々、良くぞいらして下さった。御僧のご高名は予てより伺っており、どうしてもお会いしたくて無理を言いました。お聞きしたい事が山程あります」

「将軍殿より京都にお招き頂くとは、拙僧にとって光栄の至りに御座います。又、この度の鎌倉での一件、実に申し訳なく思っております。拙僧が氏満殿を諌める事が出来れば、上杉殿が腹を切られる事も無かったのにと、悔やまれてなりません」

「そうご自分をお責めにならないで下され。鎌倉の件は所詮政り事の話、世俗の者に任せておけばよろしい。御僧にはもっと大事な事を教えて頂きたいのです。人は何故生まれて来るのか、とか」

「分かりました。一緒に、生まれて来た意味について考えて行きましょう。こういう事はお教え出来るものでは御座いませんから。差し当たって中庸から読み始めましょうか。指導者は如何にあるべきかを学ぶ事が出来ますから、将軍殿に相応しいでしょう」

人生の意味は教えられる様なものでは無い、という答えに少しがっかりした義満だったが、慎ましく如何にも学識の深そうな義堂周信には畏敬の念を感じた。そして猛然と向上心が湧いて来て、四書五経を夢中になって読み進んだ。その理解の早さと深さは、秀才の誉れ高い義堂周信ですら感心する程だった。

――楽しき君子は民の父母、。民の好む所は好み、民の憎む所は憎む。これをこれ民の父母と言う、か。まるで、民と共に能を楽しむ、未来のわしの事の様じゃ――

この頃義満は室町第で雅楽の演奏会を盛んに催した。能の様な新しい音楽も好んだが、既に六百年の歴史ある雅楽の、奥深い魅力にも惹《ひ》かれていた。只、高度に洗練された音楽が完璧に演奏される事はあっても、心を打つ様な情熱的な演奏には滅多に出会えない事も知っていた。稀有な例外は、加賀局の箏《こと》であった。彼女が弾くと、何百年も前の曲もたった今作曲された様に新鮮に聞こえた。音楽理論にも詳しく、六種類の調がどういう風に違った雰囲気を持ち、それぞれが季節や色や体の臓器と呼応しているか迄詳細に義満に講義した。流石の義満も全てを理解する事は出来ず、彼女の繊細な耳と音楽的才能に脱帽するばかりだった。得意であった笙《しょう》の演奏にも色々助言して貰った。加賀局は義満と同年齢、既に結婚して子供もいたが義満は忽ち恋に落ち、子をなした。一三八一年一月十一日に男子が生まれたが、嫡子とは扱われず、寺預かりとなった。

一三八一年三月、義満は新築成った室町第に後円融天皇を招き、六日間に亘って接待した。「将軍の私邸への行幸」は前例が無く、公家達にとっては一大事であったが、義満にとって天皇は同い年の従兄弟。何ら臆する事は無かった。盛大な宴は、鳳凰の飾り付きの輿でやって来た後円融天皇が義満に天杯を与える儀式から始まった。古式に則って義満は返礼の舞を舞ったが、神経質そうな天皇と対照的に落ち着き払った義満の舞姿は優美にして完璧、居並ぶ公家達も敵わないと思う程の貴公子振りを見せ付けた。続いて舞楽に蹴鞠、舟に乗っての詩歌管絃と、平安絵巻さながらの優雅な催しが繰り広げられるに連れ、義満の才能と教養とセンスが際立って見えた。姉妹である義満と後円融天皇の母達も、楽しみながら、ついつい互いの息子達を見比べてしまっていた。極め付けは義満がこの日の為に稽古に励んでいた笙の演奏であった。義満の笙は、「達智門《だっちもん》」という名器で、百年以上囲炉裏で燻された竹で作られたと言われており、その形は鳳凰の様に美しく、音色は力強かった。その日義満が選んだ曲の調は「双調」、春に相応しく、浮き立つ様な華やかさを振りまいた。その玄人はだしの演奏に聞き惚れながら、十年以上前、父足利義詮法要の際に僧侶が義満を評した言葉を思い出す者も多かった。

「年僅か十歳であるが、容貌は端厳にして慈あり、威あり、恰《あたか》も鳳凰児の、まさに羽儀《うぎ》を整えるが如くであり、獅子児の咆哮せんと欲するが如しである」

その日人々は見事に成長した鳳凰、或いは咆哮する獅子を目の当たりにしたのである。初めこそ、前代未聞の御行幸と恭しく迎え入れられ、気分を良くしていた後円融天皇も、次第に義満に見比べられている事に気が付きだした。義満の接待は、自身の財力、権力、そして公家的教養をも見せ付ける事にあったのだ。この行幸以降、三条公忠を含め、殆ど全ての公家達が義満に靡《なび》き、阿諛追従《あゆついしょう》を始めたのも無理は無い。同年六月二十六日、義満は父義詮と祖父尊氏も成れなかった内大臣の地位に昇進し、平安時代の仕来《しきた》りを踏襲して内大臣饗応《きょうおう》という盛大な宴を張った。企画したのは義満の公家的教養の師、二条良基である。招かれた公家達は誰もが、貴族文化華やかなりし平安時代を想像しながら、大いに満足し、誇らしげであった。

——道誉の言った通り、贅沢を好まぬ者はいない。奢ってやればどんな名門の公家でも大喜びじゃ——

義満は、プライドの高い公家達の足元を見た様な気がした。

半年後、義満は更に左大臣に昇進する事が出来た。二つの大きな宴会を成功させると、今度は世阿弥の元服式を室町第で執り行う事にした。一刻も早く元服したいと言っていた筈の世阿弥は、いざとなると気持ちが落ち込んだ。いつ迄も藤若という名の稚児でいられる訳は無いと知りながら、心の底ではなるべく長く稚児でいたかったのだ。恰も女性がいつ迄も若くありたいと思う様に。

——稚児で無くなれば、上様とのお目通りも難しくなるだろう。元服式が上様と直接お会い出来る最後の機会となるかもしれない——

義満も又、心を痛めていた。

——世阿弥がいなくなれば夜通しの話も、心の底からの笑いも、本当の涙も無くなるだろう。本音を語れる唯一の友無くして、生きて行けるのだろうか。加賀局の事は女人として愛している。しかしあいつはわしの前で本当の涙を流した事が無い——

義満が世阿弥の烏帽子親となったので元服式の格は上がり、贅沢なものとなった。世阿弥の髪は切られ、元清と名付けられた。もう、藤若でも垂髪でも無い。義満から膨大な贈答品があったが、その中には文具四宝と呼ばれる、最高級の紙と筆、墨、中国端渓《たんけい》の硯の一式もあった。又、十二世紀の音楽理論書、『管絃音義』も含まれていた。これは加賀局の薦めによる物だった。しかし、一番世阿弥の目を引いたのは、紅の裏地が付いた純白の直衣《のうし》であった。これは義満が宮中初参内の折に誂《あつら》えた最高級の絹の直衣であり一度しか袖を通していなかった。焚き染めた、これ又最高級の香の匂いが未だ付いていた。

「高貴な方にしか着られない様な直衣を私が頂いても……」

と世阿弥が尋ねると、義満は笑って答えた。

「いや、舞台で着れば良いのじゃ。いつかそちが、例えば光源氏の様な貴族の役を演ずる時にな」

「それでは上様は私が稚児で無くなっても、私の舞台を見にいらして下さるのですね」

「勿論じゃとも。わしはいつ迄もそちの友じゃと誓ったではないか」

元服式が終わるや否や、世阿弥は休みも取らず、連日早朝から深夜迄稽古を続ける様になった。しかし、激しい稽古の合間にふと動きを止め、長い事物思いに耽ける事が多々あった。

——こんなに必死の思いで稽古をしても所詮能は能、この世にあっても無くても良い様な舞と歌に過ぎない。将軍という立派な仕事に比べたらなんて取るに足らない事をしているのだろう。上様は確実に歴史に名を残されるだろうが、俺は一介の能楽師、あっという間に世間から忘れ去られる事だろう。いやだ、そんな事、どうしても耐えられない。後世に残る様な能を作りたい。何百年経っても色褪せず、人の心を打つ、素晴らしい和歌の様な能を……——

一方の義満は、世阿弥を手放した事による心の空白を埋める為に、白と黒の犬を飼い始めた。義堂周信が二匹の犬を禅の用語に因んで有性と無性と名付けた。更に義満は、夜遅く一人で笙を吹く様になった。人前で吹く時とは打って変わった、憂愁に満ちた音色であった。それは決して人に明かす事の出来無い孤独と寂しさを表現する唯一の手段だった。

一三八二年二月迄に、義満は儒学者や義堂周信に就いて論語、孟子、大学、中庸の四書を学び終えた。新旧解釈の相違点を質す程熱心に読み込んでいた義満にとって、儒学者の通り一遍の講義は物足りないものだったし、四書の内容も、義満が期待していた程哲学的問いに答えるものでは無かった。

——要するに四書はどれも、真の為政者は己の欲を捨て、良心に従い、民を愛し、民から愛されなければいけないと言っている様だ。その様な事は教わらなくとも知っておったわ。どうもわしは、生まれながらの真の為政者らしい。わしが今、本当に知りたいのは生まれて来た意味なのだが、そうするといよいよ仏教経典を読むしかないな——

一三八二年六月、義満は義堂周信に法華経や円覚経などの仏教経典を講義させ、どんどん仏教にのめり込んでいった。時には興味の無い守護達に義堂の講義を聞く様に強要する事すらあった。六月十四日に義満に縁談の世話をした日野宣子が亡くなると、左大臣の職務もそっちのけで仏事にかまけたので、二条良基が手紙で咎《とが》めた程だった。

『大臣の爵位にある者が頻《しき》りに葬儀に関与するなど、過去に例がありませぬ。どうか要職を全うされます様に』

ところが、義満はその手紙を読むと、笑いながら義堂に見せた。

「この手紙をお読み下さい、どうやら二条良基殿には道念というものが無いと見えますな」

義満の言葉を伝え聞いた良基は慌てて手紙を出した。

『私めの道念なき咎、お許し下さいます様に』

仏教経典の講義も最終回となった日、義満は義堂に対し、長年の疑問を次々にぶつけた。

「臨終に際して心得ておくべき事は何か」

「殺生の罪とはどういう事か。武士としていつかは人を殺さなければならない事もあるかもしれないし、少なくともこの先、将軍として人を殺す様に命令する事にはなる筈。戦になったら殺生をしたく無いと言って一人で逃げ出す事は出来無い。しかしそれは仏の教えに背く事になる。この矛盾をどう解決したら良いのか」

逸《はや》る義満を落ち着かせる様に、義堂はゆっくりと答えた。

「一切の善悪をお考えになってはなりません。頭で考えて分かった事など、所詮は錯覚に過ぎません。却って輪廻の元となります。真理は、頭で考えて分かるものでは無いのです。どれ程頭が良くても、知識があっても、修行に励み座禅を組んでも、それだけでは真理に到達する事は出来無いのです」

「分かった様な、分からぬ様な。しかし、義堂殿の言う事なら間違いはあるまい。殺生の罪については考えるのをやめにしよう。しかし、無駄かもしれないが、せめて座禅を組んで生きる意味を自分で探してみる事にしよう」

思い立つと義満は早速、他の禅僧と共に終夜座禅を組み、自分の意識を無にしてみようと努力した。ところが何日雑念を振り払って瞑想したつもりになっても、一向に生きている意味というものが見えて来なかった。思い詰めた義満は、義堂に懇願した。

「義堂殿、わしはどうしても今すぐに、生きている意味を知りたい。その為に世を捨てて閑居し、道を極めたい。どうかわしの髪を今、剃って下され！」

青年将軍の率直な言葉に感動を覚えながら、義堂はこう答えた。

「将軍というご要職を投げ打ってでも生きている意味を知りたい、というお心をお持ちなのは素晴らしい事です。しかし禅僧に成れる者は数多おりますが、この日本国で将軍の務めを果たせるのは殿お一人。今のお心を大切に将軍の職務を全うなされば必ずや人生の意味は見えて来る事でしょう。どうか、将軍職にお留まり下され」

一三八二年十月十三日義満は、二条良基、斯波義将、義堂周信らをはじめ、公家、武士、禅僧の主だった面々を引き連れて紅葉の西芳寺を訪れた。点心を食べて義堂の講和を聞いた後、義満は名高い高僧夢窓疎石《むそうそせき》が休んだという場所でその遺品を感慨深げに眺めた。紅葉見物のふりをして、実は人生の意味を知りたいと本気で思っていたのである。

――西芳寺の庭といえば夢窓疎石殿が禅の真理を込めて造ったと言われておる。明人の間でも大層な評判だとか。ここで今度こそ、人生の意味を見つける事が出来るかもしれない――

義満はその頃、当時既に版を重ねていた夢窓疎石の名著『夢中問答集』を愛読していた。他の客達が寛ぐ中、義満は一人道着に着替えて庵に籠り、座禅を始めた。夜になると義堂周信を呼び付け、夢窓疎石に就いて質問をし、客達を食事に出し、自らは座禅を続けた。その後二条良基らが一旦寺に戻って連句をして帰った後も庵に留まり、明け方四時迄座禅し続け、仮眠を取り粥を啜り、更に暫く座禅した。この話を伝え聞いた春屋妙葩は、感涙に咽んでこう言ったという。

「西芳寺に来る者は、僧であれ俗人であれ、今や花見と紅葉が目当て。ところが将軍殿は何と座禅をしに来られた。未だ嘗てこれ程殊勝な方にお目に掛かった事が無い。前世はさぞかし偉大なお方だったに違いない」

しかしこの言葉を聞いた義満は、額面通りに受け止めなかった。

——妙葩の事だ、お世辞半分だろう——

春屋妙葩は、その頃大規模な寺院を新設する了解を義満に取り付けたばかりだった。その寺の名を太政大臣を意味する「相国」寺としたのも、妙葩だった。四書五経に西芳寺での座禅、義堂への質問、何をやっても悟りを開けなかった義満は、遂に諦めた。

——これ以上生きる意味を考えるのは止めにしよう。将軍としての職務を良心に従って全うする事にしよう。これ以外に悟りへの道は無さそうじゃ。どうやら観阿弥が言った通りの様じゃ――

一三八三年は、ゴシップ好きの京都人にとって堪らない年だった。二月一日、(既に義満の計らいで息子を天皇にして、自らは上皇と成っていた)後円融が、三条厳子を刀の背で、出血する迄さんざんに打ち据えるという事件が起こったのである。厳子は這《ほ》う這《ほ》うの体《てい》で父三条公忠の家に逃げ込んだ(三条公忠は五年前祇園祭りで世阿弥に皮肉を言った公家。その後義満に取り入って京都内の土地を得た事で後円融の怒りを買った事もある)。この騒動に後円融の母崇賢門院《すうけんもんいん》が駆け付けた。厳子の兄の報告に依ると、出産後帰参した厳子が、上皇の寝所に呼ばれたのに、用意が無いからと断ったのが原因だという。十日後、今度は後円融の愛妾の一人が突然出家した。これは義満との密通の疑いが持たれたからだった。その四日後に義満の使いが参ずると、上皇は今度は配流されるのではと怯え、仏堂に籠り、切腹すると叫んだ。この時も母が駆け付けて宥めすかし、何とか使いに対面したが、京都は次から次へ湧き起こる御上の不祥事の話題で持ち切りだった。しかし義満を非難する者は少なく、後円融上皇の御醜態に苦笑する者が殆どだった。後円融の一連の行動に驚いたのは義満である。以前三条公忠に京都内の土地を斡旋したのは、確かに後円融上皇を刺激する事を計算に入れての事、世阿弥を傷つけた事に対する遠回しの報復の意味があった。更に義満と三条厳子や愛妾との噂を広まるに任せたのも事実である。だがまさかこれ程迄の結果になるとは思いも寄らなかった。

「いやはや、上皇ともあろうお方がこうも大人げないとは……」

義満の言葉に、面会に来た上皇の母は、ぴしゃりと答えた。

「臣下の身にある者がそんな事を言ってはなりません。苟《いやしく》も上皇様といえば治天の君ですよ」

「征夷大将軍が臣下である事は承知しております。さりながら、御子を帝にして差し上げたのは他ならぬ私ですし、そもそも……」

「口をお慎みなさい。そなたの方が賢くて実力があるのは誰だって知っております。でも上皇様は上皇様、帝と同様に尊敬申し上げなければならないのですよ。その本当の理由をそなたは分かっていないのではありませんか」

「参りましたな。かの中国では実力のある者が革命を起こせば皇帝と成り得るのに我が国ではそれが有り得ない、どうしてなのか長年疑問で御座った。その訳をご存知なら、是非ともお教え頂きたいものですな、伯母上様」

崇賢門院は流石傑物である。誰もが誤りを恐れて口にしない事を大胆にも将軍に向かって説明するのだから。

「よくぞ聞いて下さった。私なりの考えをなるべく簡単に説明して見せましょう。徳ある者が上に立つと国が栄える、とは四書を学んだそなたならお分かりの事でしょう。という事は、国を栄えさせる為には徳の備わった方が必要だという事なのです。そしてその方は誰よりも賢かったり強かったりしなくても良いのです」

「ほう、それでは、今の上皇様こそ真の有徳者であらせられる、と？」

義満は、最近の御行状を思い浮かべながら皮肉たっぷりに言った。

「少なくともそうあろうと努力はされておられます。勿論治天の君といっても人の子、いえ、私の息子。完璧では無いけれど、徳というものは本人の心掛けと周りの者次第で身に付けられるもの」

「はは、徳は確かに才能に関わらず誰にでも或る程度身に付けられますな。それでは、偶々《たまたま》帝と生まれ付いた者は、国を栄えさせる為に徳を身に付けなければならない、それを周りの者が敬いつつ手助けをしなければならない、とこういう事ですか」

「その通り。でもそれだけではありません。正直者の頭に神が宿る、と言うでしょう、神のご加護があれば必ず戦に勝ちます。ですから戦の為にも、徳のある方に上に立って頂かなければならないのです」

「戦いに勝つ為に徳のある者を奉る、成程、それは武士の理にも適っておりますな」

「実力で這い上がって来る者は大抵欲深い者、そなたも良く知っているでしょう」

義満は、細川頼之を追い落とした、権力の亡者の様な守護達の顔を思い浮かべた。それに比べたら後円融上皇の気弱な顔にも、欲よりは徳の方がありそうに思えた。そして彼らに対抗する為には自分もきれい事ばかり言ってはいられないと身に染みて感じていた。

「流石我が尊敬申し上げる伯母上様じゃ、すっかり合点致した。これからは帝と上皇様をせっせと奉り、徳を高めて頂きましょう。国を栄えさせ、戦に勝つ為に」

「おやおや、この英明なる将軍殿を説得出来たとは、この私もまんざら捨てたものではありませぬな」

「いやはや、伯母上の如き聡明な方が敵でなくて本当に幸いでした」

似た者同士の伯母と甥は、互いに見合って大笑いした。

三月三日、後円融上皇がいよいよ母の家から仙洞御所に帰るという時、義満は非礼を詫びたいと言って牛車に無理やり同乗した。

「この度のご心痛、お察し申し上げまする。都の人々はいつの世も口が悪いもの。どうかお気に無さらずごゆっくりお休み下さい」

「配慮有難う。でも、私は上皇として、してはならない事をしてしまったのではあるまいか。いっその事私よりずっと相応しい伏見宮に……」

「その様な事、ゆめ、仰いますな。上皇様は今迄通り、上皇様であられればよろしいのです。それがどれ程大変なお勤めか、この義満良く良く承知致しております。如何なる事があろうとも私は上皇様の御味方、心安んじて万事お任せ下されし」

義満の、予想以上に誠意ある言葉を信じた後円融は安堵した。もう一波乱を期待していた京都の人々は、呆気ないスキャンダルの幕切れに少しがっかりだった。三か月後、義満は三宮に准ずる、という宣下を受けた。この「准三后宣下」は前例の無い破格の人事であったが、最早表立って義満に抵抗する者は誰もいなくなっていた。


一連のゴシップを耳にした世阿弥は、その発端が三条公忠に対する復讐である事を察した。二年前の元服式以来室町第に呼ばれる事はなかったが、義満が世阿弥の事を忘れている訳では無いのが分かった。声変わりして二十一歳になっていた世阿弥の人気は少々停滞していたが、観世座の評判は全国に広がり、地方公演の依頼が絶えなくなった。スキャンダルの熱《ほとぼ》りも冷めた頃、義満から世阿弥に久しぶりに声が掛かった。室町第での小規模な宴会で歌を歌う様にとの命令で、世阿弥は観世座の地方公演に同行せず、京都に留まった。一三八四年五月の雨の日、世阿弥は迎えの輿に乗って、室町第に向かった。

——初めて上様の御屋形に行ったのは、もう十年も前の事か。あの日は今日と違って良く晴れていて、恐ろしく緊張していた。帰る時には、もう二度とお呼びは掛からないだろうと思ったのに、その四年後に室町の新しい御所に住む事になった。ああ、あの頃は全てが珍しくて、光り輝いて見えたものだ。春の花見、夏の舟遊び、秋の紅葉狩り、上流の方々との蹴鞠に詩歌管絃。山海の珍味に莫大な贈り物の数々。でも何より忘れられないのは、並んで夜空の星を眺めながら上様と能や、人生について夜通し語り合った事だ。上様は覚えておられるだろうか——

花の御所に暫し住んだ、十五歳の夢の様な日々を思い出して、世阿弥の心は切なさで張り裂けそうになった。

——あれは過去の事。より良き能を作る為の貴重な人生経験だったのだ。もう二度と繰り返される事は無い。それは分かっているのに、どうしてこんなにも心が痛むのだろう。まるでちやほやされた若い日々を懐かしむ女の様ではないか。我ながら何と愚かな――

確かにあの頃、人々は若さ故に世阿弥を持て囃していた。しかし、義満だけは、能役者としての世阿弥の才能を認め、真の友人として本音を語ってくれたと信じていた。世阿弥の義満に対する友情は会う事が無くなって更に強まり、心の中で神聖なものに迄高められていた。

室町第にある、大きな会所に入ると、真ん中に義満が二匹の愛犬を従えて座っているだけで、客は一人もいなかった。

「はて、早く着き過ぎましたか。お客様はどちらに」

「今宵の客はこの二匹の犬、有性《うしょう》と無性《むしょう》じゃ。小さな宴会じゃと伝えてあったであろう」

世阿弥は何故こうして態々《わざわざ》呼び出されたのか不審に思ったが、敢えて理由は尋ねなかった。二人は運ばれて来た酒を酌み交わした。

「元服式以来、じゃな。静御前を舞う白拍子《しらびょうし》と良い仲だと聞いたが、本当か」

「流石上様、耳が早い。上様こそ、加賀局様とは今でも御仲睦まじいとか。お子様もお可愛い盛りで御座いましょう」

食事をしながら他愛もない話をしていく内に、気負っていた世阿弥の緊張がほぐれて来た。食後、二人は釣り殿に移動して茶を飲んだ。外は未だ雨が降っている。

「この犬の名、有性と無性の意味を知っておるか」

「ええ、確か、悟りを開ける者と、悟りを開けない者、という意味だった様な」

「うむ、人は生まれた時に有性か無性か決まっているというのじゃが、円覚経には、誰でも悟りを開けると書いてあった。一体どちらが正しいと思う？」

「さあ、何事も決まっていないと思う方が良いのではないでしょうか。そういえば父観阿弥は良く、京都で有名な高僧よりも田舎遠国《いなかおんごく》の名も無い遊女の方が余程悟りを開いている事がある、などと申しておりました。悟りを開く人と開けぬ人、一見明白な様で実の所は分からない、という事でしょうか」

「有名な高僧よりも名も無き遊女か。わしには今は分からんが、人生経験の豊かなあの観阿弥殿の言う事じゃ、本当かも知れぬな」

義満は暫く沈黙して遠くを見た。何か考える事があったらしい。ややあって口を開いた。

「そろそろ歌って貰おう。観阿弥殿の作った由良の湊《みなと》が良いな」

由良の湊は、世阿弥が稚児だった頃宴会の余興にリクエストされて良く歌った曲だった。

「素晴らしい。声変わりしたというのに、未だこの様な高い声が出るとは。地獄の曲舞はどうじゃ」

地獄の曲舞といえば、南阿弥の残した名曲である。世阿弥は一瞬目を閉じて集中してから徐に歌い出した。

一生はただ夢のごとし
たれか百年の齢を期せむ
万事はみな空し
いづれか常住の思いをなさん
命は水上の泡
風にしたがって廻るがごとし
魂は籠中の鳥の
開くを待ちて去るにおなじ

義満は目を閉じて聞き入っていたが、世阿弥が歌い終わると、ゆっくりと大きな目を開いて言った。

「今度は私に笙を吹かせてくれ」

義満は、室町第行幸の際に使った名器達智門を取り出して、北、冬、黒を象徴する盤渉調《ばんしきちょう》の曲を奏でた。その旋律は物悲しく、世阿弥にはまるで、誰かの死を悼んでいる様に聞こえた。次に、西、秋、白を象徴する平調《ひょうじょう》の曲を吹いたが、その音に世阿弥は、今迄義満に一度も感じた事の無い深い孤独感を聞き取った。更に数曲吹いた後、義満は重々しく言った。

「今熊野神社で初めてそちと出会ってから丁度十年になる。そこで、今後十年以内にわしを心から泣かせる様な能を作る事を命じる。もしわしを泣かせる事が出来たなら、醍醐寺での一大興行を許そう」

「上様をお泣かせする、と？」

「如何にも。そちの父観阿弥の演技に泣く客は多い。じゃがわしはどうしても泣けなかった。もしこのわしを泣かせる事が出来たなら、そちは父を凌駕した事になるのじゃ」

「私が父を凌駕する……まさか、でもやってみましょう、上様のご命令ならば」

「おぬしなら出来る、きっと出来る」

世阿弥があの偉大な父観阿弥を凌駕するなど、義満以外誰も思い付かない様な事だった。世阿弥は帰る際に、相場を遥かに超える謝礼金と数々の贈答品を受け取った。義満自ら選んだ流行柄の反物《たんもの》や扇子に交じって、夢窓疎石の『夢中問答集』が入っていた。

——上様の贈り物は全く上様らしい。都の流行に敏感だけれどもそれだけでは無く、もっと深い物も知っておられる。本当に不思議なお方だ——

奇妙な宴会の数日後、世阿弥は観阿弥が駿河の浅間神社での公演の後何者かに殺された事を知った。敬愛する父の突然の訃報はあまりにも衝撃的で、只々悲嘆の涙に暮れるばかりであった。取り乱す世阿弥に対して、母が毅然とした面持ちで話し始めた。

「そろそろそなたに、今迄隠していた事実をお話しする時が来た様ですね。そなたの父観阿弥は、実は楠正成殿の甥に当たられます。恐らく正成殿に恨みを抱く駿河の今川家の手に掛かって落命されたのでしょう」

「しかし、私達は只の能役者、政り事とは何の関わりも無いでしょう」

「勿論、今は只の能役者、政り事には関わっておりません。でも諸国を自由に往来出来、間者に成るには打って付けと誰もが思うでしょう。しかもそなたが将軍殿の御寵愛を受けている事は周知の事実。暗殺だって出来るでしょう」

「間者？　暗殺？　まさか、そんな疑いを掛けられていたなんて！」

「恐らく将軍殿は今川家の計画を事前にご存知で、其方を助ける為に態々御所にお召しになったのでしょう」

世阿弥はその時全てを理解した。義満は観阿弥が殺されるのを知っていたから観阿弥の曲と地獄の曲舞を所望したのだ。そして、観阿弥の死を悼む為に、笙を吹いたのだ。義満の心情の深さを感じた世阿弥の目から涙が止め処無く流れた。

「兎に角、南朝がある限り、この儘京都にいる訳には参りません」

「奈良に戻るという事ですか」

「そうです。そして今日からは其方が観世座の座長、覚悟は出来ていますか」

「はい、母上」

観世座の座長を引き継ぐなど、暫く前だったらとても考えられ無い事だった。だが、義満に父を凌駕せよと言われていたから、決心をする事が出来た。

第三章

別れ（一三八四年）

観阿弥客死の報せは、京都の人々にとって勿論衝撃的なニュースだった。しかし、どうせ人気役者に嫉妬した碌でも無い能役者の仕業だろう、程度の憶測が飛び交うばかりで、南朝絡みの暗殺だとは思われなかった。移り気な都の人々は間も無く奈良に引っ込んだ観世座の事など忘れ、ここぞとばかりに進出して来た新進の座が、入れ替わり立ち代わり持て囃される様になったが、義満は態々その様な公演を見に行く様な事はなかった。そんな中、観阿弥のライバルであった日枝座の犬王だけは別格で、洗練された舞を極めていた。時代はより抽象的な芸に傾き、観世座のドラマ性の強い能は最早時代遅れに感じられる様になった。二十一歳にして観世座の座長と成った世阿弥は、敬愛する偉大な父の死によるショックからなかなか立ち直れないでいた。観世座のメンバー達は、中途半端な年頃の世阿弥に対しても、観客の好みの変化にも、不安と焦りを感じ、早くも座の将来を悲観し始めていた。又、観阿弥が殺される現場にいた者の内、数人は座を離れ、当時急成長していた仏教の新セクト、時宗に身を投じた。この様な状況の中で、世阿弥は一心に座長としての仕事と能の稽古をこなしていたが、精神的な不安が増し、夜になると一人庭に出て、星が明け方の空に消える迄佇む事が多かった。

――俺は一体何者なのだ。最早稚児でもなく、上様に頼る事も出来ず、時代から見放され、実力も無いのに座長を任され、全く誰からも信頼されてなどいない。父や母の期待に応える事など出来る筈が無い。いっその事父上と一緒に殺されていた方がましだったかもしれない。もう、これ以上生きていけない。いや待て、上様との約束はどうなる。十年以内に上様を泣かせる能を作らなければならないのだ。どれ程難しくても、それだけはやり遂げたい。その為には何とかこの心の傷を癒さなければ。そうだ、久しぶりに観世座の原点長谷寺に詣でよう。確か父上も心迷った時はあそこで夢を見て、進むべき道を探していたではないか――

秋も深まった或る日、世阿弥は一人長谷寺を目指して旅立った。空は暗く、歩き始めるとすぐに雨が降り出した。世阿弥にとって雨は心の傷に直接降り注ぐ様で、耐え難かった。暫く辛抱して歩いていたがこの儘では発狂仕兼ねない、という恐怖に駆られた。そこで通りかかったぼろぼろの廃寺の中に何も考えずに入って行った。寺の名前は辛うじて在原寺、と読める。

――在原寺……伊勢物語の在原業平と何か縁でもあるのだろうか。しかしこれは又何と荒れ果てた寺だ。

伊勢物語、と思うや一つの和歌が世阿弥の口を衝いて出た。

――『筒井筒、井筒にかけしまろが丈、過ぎにけらしな妹見ざる間に』伊勢物語といえばこんな歌があったな。井筒の年というのは十八歳の事だと教わった覚えがある。十八歳といえば、丁度元服した年。ああ、元服する日迄、俺は都で藤若と呼ばれ、髪は長く、完璧な眉を描き、高価な贈り物を貰い、高貴な人々に囲まれて連日宴会に出ていたのだ――

華やかな過去を思い起こす事がどれ程危険な事か、世阿弥は良く分かっていたが、もう止める事は出来無かった。過去への妄執と荒れ寺の雨とが相俟って、世阿弥の心は嘗て無い程強く痛んだ。

――これでいよいよ俺の心は壊れるかもしれない。もう、成る様にしか成るまい――

「筒井筒、井筒にかけしまろが丈、筒井筒、井筒にかけしまろが丈ー」

和歌を繰り返し歌いながら、世阿弥は自然に舞い始めた。手や足の動きが過去の喜びと悲しみの全てを再現している様な、不思議な感覚だった。目から涙が止め処無く流れ出し、それが全ての誇り、怖れ、過去への追慕といった感情を解放して行く様だった。どれ程の時間が経ったのか分から無かったが、気が付くと世阿弥は庭の古い井戸の傍らに立っていた。中を覗き込むと、一瞬自分の姿が見え、すぐに消えた様な気がした。その瞬間、信じられ無い事に世阿弥の心の傷は癒されたのだった。今迄の眠れぬ夜が嘘の様に、廃寺の床で一晩眠れたのである。翌日、長谷寺迄行って観音像に祈り、一晩泊まったが、そこでは期待していた様な夢の託宣は得られなかった。しかし在原寺での予期せぬ一夜で世阿弥の心は癒されたのであった。この経験を基に、旅から戻った世阿弥は一気に能を一曲完成させた。後代に残る名曲、『井筒』の誕生である。精神的な危機は乗り越えたものの、地方公演に出発する準備はまだ出来ていなかった。まず、観阿弥の残したレパートリーを抜本的に書き換える必要があった。観阿弥以外の演者に合わせ、微妙に変化しつつある流行に合わせ、更に巡業する地方の好みも考慮しなければならない。その上世阿弥は、在原寺での神秘的な体験の意味がどうしても知りたくなった。世阿弥は、禅より以前にインドで発達した唯識という教えを聞き齧《かじ》っていた。観世座が定期的に公演していた興福寺には、唯識を確立した二人のインド人僧の素晴らしい彫像があって、親しみを感じていた。その唯識によれば、人間の心は八つに分かれるという。初めの六つは見る、聞く、触る、味わう、嗅ぐ、の所謂身体的な五感と、頭で考える感覚、ここ迄は常識的に分かる。しかしその先更に七番目により深い、制御不能な領域があり、マナ識と呼ばれる。精神分析用語で言えば無意識である。しかし更にその奥に八番目の領域としてより超越的な無意識の領域、アラヤ識があるとされている。それは個人も時間も超越し、全ての人の過去と未来の記憶と思いが蓄えられているとされる。そしてそれが人の悟りと狂気に繋がっていると言うのである。

——筒井筒の和歌に導かれて自然と舞っていた時は、自分であって自分で無い様だった。舞に舞われたとでも言うのであろうか。きっとあれがマナ識に違いない。父上も時々そんな気持ちになった事があるだろう。しかし、マナ識は良いとして、その先のアラヤ識とは一体何だろう。いつかそれを経験する事があるのだろうか

——

世阿弥は早速興福寺の学識ある僧に直接質問に行ったが、その、あまりにも皮相的な説明に失望した。

——尊敬する僧であったが、アラヤ識は全てを超越した意識、と繰り返されるば

かり。ご自分の本当の経験は無い様な気がする。もしかするとマナ識すら実感された事が無いのではないだろうか。どうやら学問として学ぶものでは無い様だ。こうなったら自分で答えを見つけなければならない。よし、今迄の曲の書き換えが終わったら地方公演に出かけよう。人々の前で演ずる事こそが俺の天命なのだから

――

観阿弥亡き後観世座の名声は急速に落ち、大規模な公演は無くなり、地方公演がその活動主体となってしまった。人々にとって観阿弥の名人芸こそが観世座の要。世阿弥は天才子役ではあったけれど本物の名人に成れるかどうかは未知数であり、ファンといえば芸の分からない少女達と見られていた。更に世阿弥といえばその芸よりもまず、将軍義満の寵愛ぶりが取り沙汰され、その関係が疑われていた。何しろ男色は平安時代にさる高僧が中国から持ち帰った先進国の洗練された文化の一つと看做《みな》され、寺院や貴族階級では公然と認められていたのだから。地方公演の際、世阿弥は土地の有力者の邸宅に招かれては、いつも同じ質問を浴びせられた。

「それで、将軍との関係は……」

世阿弥は不愉快な質問を逸らす為、すかさず有力者の耳元に口を近づけ、声を潜めてこう囁く事にしていた。

「こんな事をお話ししたら命に関わりますから、ここだけの話とお約束下さい。将軍殿はさるお公家様の奥様を所望されて叶ったところ、そのお公家様は忽ちご出世され、以来将軍殿の御寝所には毎晩貴族や有力武士の妻、側室が引きも切らず送り込まれる様になり、夜は全くお暇無しの有様で御座いました」

肝心な質問を逸らかされたとはいえ思いがけず貴重な裏話を聞けた事に喜び、殆どの有力者はその寝所の様子を根掘り葉掘り尋ねる事で満足した。京都上流社会の退廃した夜の世界に対する妄想を膨らませる彼らの下品で傲慢な横顔を見る度、仮令どんなに陰湿で偽善的であっても、知的で洗練された都の人々の方がまだましな様な気がして来るのであった。

――全く下世話な想像ばかりして、あれが哀れな奴らの願望なのだろう。あいつらに俺と上様の尊い友情など、決して分かる筈が無いだろう――

尊い友情、という言葉に世阿弥自身面映ゆくなった。

――こんな事を言ったら、まるで遊女が金持ちの客に本気で恋していると言っている様だな。誰も信じやしないだろう。でも、俺の上様に対する友情に偽りは無い、上様だって同じだと信じている。ああ、この心、いつか誤解されずに理解される日が来るのだろうか。それとも、未来永劫恥を耐え忍んで行くしか無いのか――

心滅入る地方公演の日々の中で唯一の救いは、素朴な観客達の素直な反応だった。或る時、淀川の畔の小さな村で公演を終えた折、まだ日も高いのに六、七人の遊女達が世阿弥一行の通るのを待って立っていた。遊女といってもいずれも十五歳位だろうか、年若い少女達だった。その内の一人が、他の少女達に背中を押されて、不貞腐れた様な仕草で世阿弥に近づいて来た。世阿弥は哀れに思い、懐から金を出して与えようとした。金だけ恵んで立ち去るつもりだったのだが、即座にその意図を汲み取った少女は慌てて手を振って叫んだ。

「違う、違う、客引きする訳でも金が欲しい訳でも無いんだよ。昨日の舞台見て、凄く良かったから、一言お礼が言いたかっただけなんだ。あの、斑女《はんじょ》だっけ？　皇帝に見捨てられた女の話さ、あれ見た時何だか身につまされちゃって、皆んなで泣いちゃったんだよ。皆んなで一緒にあんな風に感動するなんて、生まれて初めてだったから吃驚《びっくり》したよ。男に捨てられた悲しさ、悔しさ、辛さが心にじーんと来たんだよね。あんたにはあたし達の惨めな気持ちが分かるんだなって、よっく分かったよ。まあ、いっときは天下の将軍様の御寵愛を受けて都でも大人気だったのに、元服した途端にお払い箱。お父さんの観阿弥が死んで観世座も今やこんな田舎くんだりに迄来る様になったんだから、辛いよね。でもお陰で田舎者のあたし達も凄い舞台見る事が出来たんだ。昨日の事はあたし達、一生忘れないよ。無理かもしれないけれど、あんたがいつか又都の大舞台に立てる様にってお祈りしてやるよ。もしも、もしも都で斑女踊れる事になったら、その時はあたし達の事、ちょっとで良いから思い出してよね。本当に良い舞台有難う。さよなら」

少女はこれだけ言い終えると世阿弥の反応も見ずにさっさと仲間の元に走り去って、遠くから手を振った。世阿弥達も軽く手を振りながら村を立ち去った。世阿弥の目には、けばけばしい着物を着た若い遊女達がまるで菩薩の様に思え、目が涙で滲んだ。

その後、と或る村では頬に深い傷跡のある、恐ろしげな武士に近づかれた事もあった。座員が皆警戒して見守る中、武士は直接世阿弥に向かって話し始めた。
「おぬしは世阿弥殿だな、拙者は昨日の寺での勧進能を見た者じゃが、素晴らしい出来で御座った。少し話を聞いて頂きたいのじゃが、良いかな」

又ファンの一人か、と一座の者も安心、世阿弥も警戒は緩めなかったが、努めて柔和に頷いた。
「二か月も前の事じゃが、この村で寺相手の謀反が起きてな、拙者は寺に雇われている者だから謀反を起こした百姓を始末せねばならなかった。源平の頃の合戦に比べれば戦とも言えぬ些細なものじゃったが拙者にとっては地獄を見た様な気がしたのじゃ。毎日寝ても覚めても始末した百姓共の顔が頭に浮かんで来て何も出来無くなったのじゃ。あまりの苦しさにいっそ己の命を絶とうと迄思い込んでおったその時、寺で勧進能があると聞いて、それでは冥途の土産に見てみるかと思って覗きに行ったのじゃ。有難い神様やら女人の能は退屈だったが、『敦盛《あつもり》』、あの出だしの笛の音に何故か鳥肌がたってな、全身が震え出したのじゃ。『敦盛』といえば修羅能、戦の場面を見せられると思ったら恐ろしくなったのじゃ。その場から逃げ出したかったが体が言う事を聞か無かった。息が詰まりそうになった。これでわしは気が狂うかと思った。ところがだ、最後の戦の場面の直前に始まったお主の舞に、拙者は目を奪われた。只ならぬ殺気と狂気を感じたのじゃ。しかもそれは例え様もなく美しかった。幽玄とはこの事か、と思った。すると不思議な事にがちがちに固まっていた拙者の心はほぐされて、慰められる思いがした。まるで春の雪が溶けて行く様だった。わしはそれ迄戦の狂気を体験した自分がこの世で最も忌まわしい存在だと思い込んでいた。しかし、踊りと歌で自分の狂気を他人に晒すお主を見て、その覚悟は武士のわしら以上ではないかと思った。最後、戦の場面が始まるとわしは只子供の様に涙を流した。気が狂う事も無く、心が癒され、もう自殺しようなどとは思わなくなった。まだ生きて行ける、いや、生きて行かねばならぬ、と思えた。そう思わせてくれたお主に、お主の芸に感謝申し上げる」

一気に話し終えると、その武士は啜り泣き始め、世阿弥の顔も見ずに足早に立ち去って行った。世阿弥も又歩き始めたが、その目からは涙が流れていた。

――もしもこの様に俺の能が傷ついた人の心を癒せるなら、それこそが俺の生まれて来た意味に違いない。しかし、人の心は癒せても、自分の心は完全には癒されない様だ。いつ迄経っても俺は人に蔑まされ続ける立場、上様は一生、この惨めさを味わう事は無いだろう――

一三八四年に世阿弥と別れてから、義満は精力的に将軍職の権限を固めていった。有力寺院は積極的な寄進で懐柔した。僧兵を有し、その軍事力をバックに幕府に敵対して来た延暦寺ですら義満にはすっかり従順になっていた。朝廷に対しては、京都に於ける警察権、徴税権、裁判権を着々と奪っていったが、反発する公家は最早いなかった。朝廷より義満に忠誠を尽くす二条良基が関白に再任され、後円融上皇は、自らのスキャンダル以降精神を病んでおられた。義満は一三八六年に同年齢の側室藤原慶子によって二十八歳にして初めての嫡男を得た。後の四代将軍義持《よしもち》である。一三八八年義満は「富士遊覧」と称して贅沢な旅行をするのだが、その真の目的は権勢を東国、特に一度クーデターを起こしかけた鎌倉公方足利氏満に見せ付け、彼らを牽制する事にあった。義満の一行は行く先々で人々の好奇の的となる程、圧倒的に豪奢だった。接待役を引き受けた今川家も勢を尽くし、義満を大いに満足させた。氏満はその後終に義満に反旗を翻す事は無かった。その年、義堂周信、二条良基、春屋妙葩という、義満の師であり、時代を代表する知識人であった三人が相次いで亡くなった。明らかに一つの時代が終わり世代は交代した。義満は、まるでこの先は己の思う儘に一人で生きよ、と背中を押された様な気がした。一三八九年には更に贅沢な、三週間に亘る厳島神社への旅が企てられた。百艘を超える船団に有力な守護と公卿、能の名手犬王を従えての大行楽であった。この様に大規模な行楽は平安貴族も成し得なかった、日本史上最も贅沢な旅行であった。しかしそれは単なる道楽では無く、実は細川頼之と会って土岐、山名という有力守護一族の力を抑え込む計画を練っていたのである。一三九〇年には、土岐家の兄弟が義満の巧みな挑発に因って互いに反目し合い、それに乗じて義満が土岐家に軍を送り込んだ。同じ年、全国六十六国の内十一国を領土にして権勢を誇っていた山名家も又義満の挑発で二つに割れ、勢力を削がれた。一三九一年、斯波義将は、この様な細川頼之の復権の兆しに不満を抱き、管領職を辞した。輿に乗って目立たぬ様に京都を出る姿は、十二年前見事な漢詩を残して鮮やかに出立した細川頼之に比べて何と見劣りする事か、と京雀達は嘲った。後任の管領は細川頼之の弟である頼元が任ぜられ、頼之もその補佐として晴れて京都に戻る事となったのである。一三九一年十二月、山名氏清が京都を襲撃する、という噂に京都の人々は震え上がった。義満に追討を命ぜられ、心ならずも相対した山名の一族が突然義満に赦免された為である。十二月二十六日、義満は有力守護を招集し、諸将に意見を述べさせた。その時の義満の姿は武士の出で立ちでは無く、烏帽子直垂姿、古の帝とはこの様な王者の風格を有していたのかもしれない、と思わしめる程の圧倒的な存在感であった。

「都での戦は何としても避けるべきだと思います。三十年続いた平和を破る訳には参りません。しかも聞くところに拠れば、山名氏清は南朝から錦の御旗を賜っているとか。噂に過ぎないかもしれませんが、これでは戦う兵はいないでしょう」

「わしも戦は好まぬ。しかし都の平和を守る為に今は山名氏清と戦わねばならぬ。そして、錦の御旗じゃが、案ずる事はない。今の吉野の帝は兄である先の帝と不仲であられるとか。その様なお方に帝としての誠の徳がおありと思えるか」

「しかし、怖れながら三種の神器はあちらにあります」

「戯《たわ》けた事を！　如何に三種の神器があろうとも、それは物に過ぎぬ。肝心なのは帝としての徳である。徳のある所にこそ神のご加護があるのじゃ」

「それでは京都におわしますわれらが帝から錦の御旗を賜りましょうか」

「それには及ばぬ。この戦は朝敵を討つ為に非ず。都の人々の生活を、命を守るわしらの戦いなのじゃ。わしを信じよ、山名氏清は私憤に駆られて都の平和を掻き乱さんとしている。この様な悪行を天がお許しになる筈は無い。良いか、天は必ず義のある方に味方する、山名と義満、どちらに義があるか、共に戦って天に問おうではないか！」

義満の情熱的な言葉に、戦に消極的であった守護達も心を動かされ、早速諸将の配置が協議された。十二月三十日の早朝から始まった戦闘に、義満は自ら刀を抜いて三千騎の兵に号令をかけ、颯爽と進軍した。三十三歳にして初めて戦場に身を置いた義満の心中は平静だった。怖れなく、勝利を信じ切っていた。山名氏清は凄絶な最後を遂げ、昼迄に勝敗は決した。山名軍八百七十九名、幕府軍百六十四名の死者が出た。都に溢れる死体に、平和慣れしていた京都の人々は震撼した。この戦は元号に基づき、明徳の乱と呼ばれる様になった。一三九二年三月二日、明徳の乱の僅か二か月後に細川頼之が六四歳で亡くなった。死を前にした頼之は弟で跡継ぎの頼元を介して義満にこう伝えた。

「傲慢極まる山名一族が天罰によって滅びた今、天下に上様に歯向かう者は無いでしょう。これで私も心安らかに旅立つ事が出来ます」

頼之の訃報を聞いた義満は実の父が亡くなったかの様に嘆き悲しみ、その棺を親族の者と共に担ぎ、写経に勤しんだ。義満はその後更に寺に籠り、連日座禅を組んだ。

――頼之の復権も、将軍の権威を確かなものとするという大目標も叶えられた。我ながらこれ程上手く事が運ぶとは思わなかった。残るは三種の神器か。南朝から賜ったという噂の錦の御旗の効力が結局無かった事にもなったし、吉野の帝もご納得して頂けよう――

――しかし、どうしてわしにはこれ程運があるのだろう。全て思い通りに事が進むのだろう。神のご加護があるとしか思われない。それはわしが己の名誉や富のみを求めず、国の平和や人々の幸せを願っているからだろうか。まあ、名誉や富は求めなくても向こうからやって来る訳だが――

――わしのやっている事は全て正しいのだろうか、いや、幾ら義の為とはいえ、今度の戦では敵味方合わせて千百人もの人々が死んでおる。生き残ってその死を嘆く者は一万人を下るまい。そうじゃ、去年北野大社で七日間一万句の連歌会を催したが、例えば十日間で一万部の法華経読誦を千百人の僧侶にさせるというのはどうじゃろう！　敵味方の別無く、戦で亡くなった者の霊を慰め、嘆く人々の心を癒すのじゃ。戦の後は敵味方和睦せねばならん。わしも山名の一族の冥福を祈ってやろう。わしが将軍に成った年に明王朝を建てた洪武帝は十万人を殺戮したと聞いておるが、それに比べてわしは何と素晴らしい君主であろう、国は小さいとはいえ、わしこそが聖王ではあるまいか――

――そうだ、法華経読誦の前に一つやるべき事があった、相国寺の完成を祝う供養じゃ。建設に尽力した春屋妙葩がこの世にいないのは気の毒な事だ。彼奴がいなければこれ程大きな寺は造れなかった。初めは細やかな座禅用の寺のつもりだったのに、将軍として恥ずかしく無い様になどと唆すものだから仕方なく好きな様にさせていたらどんどん規模を大きくしおって。しかし、今となってみればこのわしに確かに相応しい様な気がする。あいつはわしの器量を見抜いておったのか、単に自分で大きな仕事がしたかったのか。そういえばわしはまだ左大臣だったのに、中国語で太政大臣を意味する相国寺にすべきだと言ったな。あいつは高僧というにはあまりにも世俗的で有能であった。それ程馬が合ったと思われないのにわしには終生尽くしてくれた。それもこれもわしの君主としての徳かもしれないな——

——もしも三種の神器も京に返って来て吉野との争いが無くなれば、晴れて世阿弥の能を見る事が出来ようぞ。八年前、わしを泣かせる能を作れと命じたが、そろそろ出来た頃かもしれない。もしもわしが本当に泣けたら、約束通り醍醐寺で盛大に興業させてやろう。そうすれば若い時のわしの夢は全て叶う事になる。平和で豊かな京の都で何千人もの民と共に世阿弥の能を堪能する。その時こそわしは真の君主にして聖王じゃ。王、百姓と楽しみを同じくせば、即ち王足らん。楽しき君主は民の父母——

心を無にするのが座禅の本筋だが、結局様々な事を考えてしまう義満だった。八月二十八日の相国寺供養は御斎会《ごさいえ》に準ずるという、高い格式で執り行われ、左大臣、右大臣、管領を従えて、義満は法王の如く振る舞った。一三九二年十月二十五日、紆余曲折の末遂に南朝から京都の朝廷に三種の神器が返され、ここに実に五十七年ぶりに南北朝が合一された。複雑な経緯、権力闘争、寝返り、保身、それぞれのプライド、既得権の死守……有りと凡ゆる困難を乗り越え、最後には民の平和の為に神器を返還される聖断を下した後亀山《ごかめやま》天皇に対して、真に畏敬の念を抱き、その深い気持ちを理解出来たのは、絶対者の孤独を知る義満のみであったかもしれない。後亀山天皇と相対した義満は深く恭順の色を見せたという。義満はその後間も無く興福寺に対して、世阿弥の能を見に行くので準備を整える様申し伝えた。その準備たるや並大抵では無く、実現迄二年掛かる事になった。

第四章　再会（一三九四年）

将軍義満の六日間に亘る滞在を前に、興福寺は極度の緊張に包まれていた。絶対的な権力者であるだけでなく、有りと凡ゆる物に最高の水準を求める稀代の風流人だったからである。料理、酒、茶、食器、盆、掛け軸、書画骨董、畳、敷物、照明、布団、風呂、香、庭の花木、石、敷き詰める玉砂利、池の鯉に飛ぶ鳥に至る迄、凡そ全てに拘りを持っていたから、もてなしの万事が完璧でなければならない。しかし誰よりも神経を尖らせていたのは、世阿弥であった。嘗て義満は世阿弥に、十年以内に己の能で自分を泣かせよと命令した。今年はその十年目に当たる。この間地方で公演を続けて来て、観客の涙を誘う事は何度もあった。特に、練りに練った「井筒」で。しかし、仮令《たとえ》満場を泣かせても、義満が泣くとは限らない。世阿弥はこの、人生最大の大舞台を前に、改修されたばかりの興福寺金堂の中に入った。そこには三つの顔を持つ、かの有名な阿修羅像が立っていた。作られた当時は金髪碧眼だったらしいが、七百年の時を経てかなり色褪せている。それでも華奢な六本の腕と初々しくも繊細な少年の表情は鮮烈である。恰も移ろいやすい一瞬の若さが凝縮されているかの様だ。世阿弥はその顔に、二十年前の自分を見た。それは、今熊野神社で初めて義満の前で舞った時の事である。あれから月日は経ち、世阿弥の人生は急上昇したかと思うと急降下し、今又浮上する機会を与えられたのである。

——行く川の流れは絶えずして元の水に非ず、俺はもうこの阿修羅像の様に若くは無い。しかし不思議な事に心の中は今熊野の頃と同じで、上様への思いは全く変わらない。上様も果たして同じ気持ちだろうか——

一三九四年三月十三日の昼下がり、興福寺一乗院に設けられた豪華な特別桟敷席に、義満は悠然と、お気に入りの廷臣達をぞろりと従えて腰を降ろした。時に三十六歳、今熊野神社で質素な輿から一人軽やかに降りた十六歳の青年将軍とは隔世の感がある。観衆達も、明徳の乱で鮮やかに勝利し、更には南北朝を合一した偉大な将軍を畏敬の念を持って眺めた。将軍着席と同時に始まった今熊野と違い、舞台が始まる迄に暫く間があった。そこには、今熊野で出会ってから十年共に過ごした日々の事を思い出して欲しい、という世阿弥の祈る様な気持ちが込められていた。果たしてその僅かな時間に、確かに義満は過去を回想していた。今熊野で初めて見た神々しい迄の少年世阿弥の姿を、そして十年前二人で会った最後の時の事を。そして満場の観客達は異様に長いこの間、能公演がどの様に始まるのか期待を膨らませながら待っていた。

　　今を始めの旅衣
　　今を始めの旅衣

意外な事に、脇役らしい旅姿の二人組が極く自然体で現れ、「高砂」を長閑な声で歌い始めた。都から奈良迄やって来た義満一行の春旅気分も反映している。
「何だ、世阿弥では無いのか」
と場内が緩んだ所で囃子が突然変わり、老夫婦の面を着けた世阿弥と弟四郎がゆっくりと登場し、その完璧な二重唱に観客は魅了された。

　　高砂の　松の春風　吹き暮れて
　　尾上の鐘も　響くなり

十年ぶりに見せた世阿弥の姿が老女だった事には、流石の義満も驚いた。そしてその驚きを楽しんだ。

たれをかも　知る人にせん高砂の
松も昔の友ならで

次いで世阿弥の独唱が始まった。「高砂」は、高砂と住吉という遠く隔てた所に生える松の木が互いに相生の木である。遠く離れていても心は固く結ばれて、共に老いて行くという主題には世阿弥と義満の友情が暗示されていた。常緑の松は、変わらない心の象徴である。しかし義満は流石にそこ迄は気が付かなかった。只目出度い祝言で、将軍の治世を寿《ことほ》いでいるのだと解釈した。

四海波《しかいなみ》　静かにて
國も治まる　時つ風
かかる代に　住める民とて　豊かなる

君の恵みぞ　有難き
君の恵みぞ　有難き

無論、君とは天皇では無く、戦乱の世を終わらせた将軍義満の事である。

二曲目は「敦盛」。年若くして熊谷直実《くまがいなおざね》に打たれた平敦盛の物語で、嘗て戦帰りの侍から、心を癒されたと感謝された作品である。しかし、世阿弥は今回義満の心を捉える為に、かなり改作した。

夢の世なれば　驚きて
夢の世なれば　驚きて
捨つるや現　なるらん

これを聞いた義満は即座に、世阿弥を初めて自邸に呼んで会話した時に見せた尊氏の願文、「この世は夢の如くに候」を思い出した。俗世間での戦いに明け暮れる将軍からすると、人生は夢かと思った若き日は遠い昔の出来事の様だった。しかし、芸能者の世阿弥はまだ夢の中を彷徨っているのかもしれない、と思った。四郎演じる熊谷直実は、息子程の年の敦盛を殺めた事に心を痛め、出家する。一の谷を訪れると美しい笛の音が聞こえ、世阿弥扮する若い樵《きこり》が吹いていると聞いて、驚く。

あら優しや、その身にも應ぜぬ業、返すがへすも優しうこそ候へ

どこかで聞いた様な、と義満が思っていると、

それ勝るをも羨まざれ、劣るをもいやしむなとこそ見えて候へ

それは義満二十歳、世阿弥十五歳の夏、祇園祭の桟敷で「能役者にしては上手い和歌」と失言した公家に対して返した義満の言葉そのものであった。そんな会話を知る由も無い観衆は、三十一歳にしてどう見ても十代の様な世阿弥の体型に感心するばかりだった。若い樵と見えたのは実は敦盛の亡霊、嘗ては仇だったが今は友であるという。それはまるで、父観阿弥暗殺を黙認した義満は嘗ては仇だったが今は友であると世阿弥が言っている様に聞こえた。過去を思い出させようという世阿弥

の意図が分かって来た義満は、次第に胸を締め付けられる様な気持ちになってきた。観客達はといえば、明徳の乱や南北朝合一等の様々な確執と和解を重ね合わせて聞いていた。ゆるりと始まった曲は終盤に掛けてテンポを上げて盛り上がり、激しい合戦の場面で劇的に終わる。世阿弥扮する敦盛は最後、舞台の中央から義満を正面に見据えて歌った。

敵はこれぞと　討たんとするに
仇をば恩にて　法事の念仏して　弔はるれば
終には共に　生まるべき　同じ蓮の　蓮生法師
敵にては　なかりけり

三曲目はいよいよ自信作「井筒」である。在原寺で自分自身が癒された経験を基に初めて自分で書き下ろした作品だ。特に序の舞の部分には全ての思いが込められており、地方公演では泣き出す観客も多かった。この曲で何としても義満を泣かせなければならない。予定通り日は傾きかけている。敦盛の劇的な最後の余韻で観客の集中力が高まっている。義満の心を刺し貫き、泣かせる事が出来るか否か、世阿弥にとって決戦の時である。

これは諸國一見の僧にて候　われはこの程は南都に参りて候

四郎扮する旅の僧が一頻り口上を述べ、歌を歌うと、女性姿の世阿弥がいよいよ現れる、と客席は期待で静まり返った。やがて笛の音が鳴り、幕が上がり、世阿弥が現れた。面は着けていないのに能面そのもの、この世のものとは思われない淋しげで儚げな表情であった。誰もがその美しさに息を呑んだ。囃子に連れて静かに舞台の中央迄来ると正面に背を向けて立ち止まり、静かに歌い出した。

暁ごとの閼伽《あか》の水
暁ごとの閼伽の水
月も心や澄ますらん

正面を向いて更に歌い続けた。憂いに満ちた音曲が染み染みと響き、満場が引き込まれた。

松の聲のみ聞こゆれども
嵐はいずくとも
定めなき世の　夢心
なにの音にか　覺めてまし
なにの音にか　覺めてまし

義満は、未だ嘗て聞いた事も無い程美しく、そして悲しい歌だと思った。やがて世阿弥は腰を降ろし、昔語りが語られ始める。

互に影を　水鏡
面を並べ　袖を掛け
心の水もそこひなく
移る月日も重なりて
大人しく恥ぢがはしく
互に今はなりにけり

それは、三条坊門第で共に池に映る姿を見た瞬間の事ではないか、と義満は胸を突かれた。

恥づかしながら　われなりと
結ふや注連縄《しめなわ》の長き世を
契りし年は　筒井筒
井筒の蔭に隠れけり
井筒の蔭に隠れけり

そう言って世阿弥は舞台から消え、間が流れた。中入りである。その間、義満は最後の一言を反芻していた。

――井筒の年というのは十八歳、という俗解があると和歌の講義で習ったな。十八歳といえば世阿弥元服の年か。そういえばあの頃、いつまでも友であると誓わされた事があったな。お互い若かった――

計算通り長い中入りの間に辺りは徐々に夕暮れの光に染まり始めた。鋭い笛の音がその空気を引き裂くと幕が上がり、世阿弥が再登場した。化粧した世阿弥そっくりの顔の面をつけ、頭には繊細な金細工の冠、そして紅の裏地も美しい、極上の純白の絹の直衣を身に纏っていた。初冠《ういこうぶり》といえば在原業平、という約束事は分かるにしても、女装の上に直衣という男装とは何という趣向、と場内は驚きに響めいた。義満だけは、その冠が世阿弥元服の際に義満が直接冠せたものであり、直衣は元服の祝いに世阿弥に下賜した物である事に気が付いた。世阿弥は正面を向き、義満を面の下から見つめて歌った。

われ筒井筒の昔より
真弓槻弓《まゆみつきゆみ》年を経て
今は亡き世に業平の
形見の直衣身に觸《ふ》れて
恥づかしや　昔男に　移り舞
雪を廻らす　花の袖

面の下からの殺気に満ちた視線に背筋の凍る様な思いを抱いた義満は、続く序の舞で魂を掴まれた。それは祈りにも似たゆっくりとした舞なのに、徒ならぬ狂気を帯びていた。折しも夕日が沈みかけ、空は茜色に染まっている。世阿弥の舞には喜びと悲しみ、深い愛と怒り、甘えと恫喝、男性と女性、現在と過去、若さと衰え、凡そ両極の全てが表現されていた。貴賤問わずその場に居合わせた全ての人々が等しく心揺さぶられ、感動した。奇跡の様だ、と誰もが同時に思った。そして一斉に涙を流し始めた。公家も武士も、義満も、そして面の下で世阿弥も。涙で舞台が見えなくなる恐怖を抱いた瞬間、世阿弥の身に考えられ無い事が起こった。舞台で舞う自分自身の姿が、まるで客席の中央から見ているかの様に見えたのだ。

――どうして俺が見えるのだろう、気でも狂ったのだろうか、しかし、これで踊り通せる――

一体どの位踊ったのか、時間の感覚も無くなってしまった。しかし舞台中央の井戸の作り物に触れて目線が自身に返った。折しも夕日の最後の光が差し込んで来た。世阿弥は万感の思いを込めて歌い始めた。

筒井筒　筒井筒　井筒にかけしまろが丈
生ひにけらしな
老いにけるぞや

涙の止まった目で改めて正面を向くと、義満と一瞬目が合った様な気がした。急いで井戸を覗き込み、染み染みと歌った。

見れば　懐かしや
われながら　懐かしや
亡夫　魄霊の　姿は萎める花の
色無うて　匂ひ
残りて　在原の
寺の鐘も　ほのぼのと
明くれば　古寺の
松風や　芭蕉葉の
夢も　破れて覚めにけり
夢は破れて　明けにけり

狂気の舞の果ての最後の歌の美しさに、満場は只々涙するばかりだった。この奇跡の瞬間が永遠に続いて欲しい、と誰もが感じていた。義満は呆然自失となった。

――世阿弥は遂にわしを泣かせた。数多《あまた》いた政敵に一度たりとも討たれ無かったこのわしが、あいつの歌と舞には心の深い所を刺された。わしは父や尊氏殿を超えたが、あいつも偉大な父観阿弥を超えたのだ。わしの目に狂いは無かった。しかしまさかここ迄の境地とは。最早芸術の域さえ超えている、奇跡というか、狂気というか――

渾身の一曲の後一転して軽い狂言を挟み、四曲目に「斑女」が演じられた。元々中国皇帝の愛人の話であったが、地方公演の時に出会った遊女達の為に、都の貴人に捨てられた日本の遊女の話に書き換えられていた。日は暮れ、篝火《かがりび》が焚かれた。世阿弥は揺らめく光の中、艶めいた遊女の姿で、金銀が使われた大きな扇を振りながら舞った。

――あれは二十年にやったバサラ扇ではないか。今見ると何と派手で古臭い事か――

最後五曲目は、奈良が舞台の短い「野守」。老人の面を着けた世阿弥の歌は良く聞くと、過去を切なく思う女心を表現していた。

げにも野守の　水鏡

げにも野守の　水鏡
影を映して　いとどなほ
老いの波は　真清水の
あはれげに　見しままの
昔のわれぞ　恋しき

後半、篝火が増やされ、鬼の面を着けた世阿弥が激しい囃子に乗って登場、急速なテンポで舞い踊った。観阿弥の鬼の様な迫力と重量感は無いが、より速く、そして精妙であった。観客はその目新しい拍子感と音楽に心奪われ、大いに盛り上がって終わった。井筒迄の重苦しい程の緊張感は解かれ、最後は、誰もが今迄見た事の無い新しい能を見た、と満足して帰れる様計算し尽くされた演出だった。公演の後、義満は興福寺の主催する宴会の会場へ急いだ。今回の旅程には分刻みのスケジュールが組まれていた。世阿弥達には、小姓を通じて義満の感想が伝えられた。

「将軍殿は殊の外満足されておいででした。特に井筒には涙が溢れたと仰られ、約束通り醍醐寺で大きな公演を催したいとの事。その為に観世座は京都に本拠を移す様に。必要な物はこちらで全て手配する、との仰せで御座いました」

これを聞いた座員達は、喜びに沸き返った。この十年の苦労は遂に報われたのだ。念願の京都復活が果たされるのだ。しかも今や絶大なる権力を誇る大将軍の後ろ盾で。観阿弥時代以上の光栄が待っているのは間違いない。世阿弥は、公演の後の疲れと喜びとで意識を失ってその場に倒れた。公演中や公演直後の失神は世阿弥に良くある事だったので、座員達は特段心配しない。楽屋で暫く寝かされた世阿弥はやがて意識を取り戻すと、ふいに立ち上がり、一人にさせてくれと呟いて、義満達の座っていた特別桟敷席に向かった。観客は既に帰り、舞台の篝火は消えていた。桟敷席に入ると、強い香の香りが残っていた。義満の香の好みはこの十年で変わっていた。

――上様は泣いたのだ。十年前の命令は果たす事が出来た。そして醍醐寺で大公演が出来るのだ。俺は父を超えたのだ。しかも今日は二つの奇跡があった。一つは井筒の時の、万人の心が一つになった瞬間だ。あれこそ唯識で言う、アラヤ識に違いない。そして二つ目の奇跡は、己の姿を上様の視点から見た事だ。離見の見、とでも言うのだろうか。実に不思議な事だ。この日の事は生涯忘れまい。只しかし、上様に、直接お会いする事が出来無かったのが悲しくてならない。身分が違い過ぎるのだから無理だとは分かっているし、何より時間が無かったのだろう。だが何か方法は無かったのだろうか。十年ぶりだというのに、泣かせたというのに。確かめたかったのは友であるという事だけだったのに。全てが変わり続けるこの世の中で、只一つ変わらないで欲しかったのは友であるという心だけ。それが無ければ生きている価値など無い。上様はどうなのか、孤独では無いのか。心傷つけられる事など無いから変わらぬ友など必要無いのか。心とは何なのだ。友とは何なのだ。夢か幻か、それとも歪んだ恋心？　まさか狂気ではあるまい——

一三九四年十二月十七日、義満は征夷大将軍を辞し、その職を八歳の息子義持に譲った。義満は二十六年間将軍職にあったが、三十六歳にして隠居を決め込んだ訳では無い。八日後には太政大臣という、関白をも超える最高官位を得た。多くの公家達は、将軍と成った者が太政大臣に成るなど過去に先例なし、と眉を顰めた（平清盛は太政大臣に成ったが征夷大将軍では無かった）。しかし、義満は笑って相手にしなかった。

——先例無し、か。奴らの決まり文句が又出たな。まあ、実力を試される事なく家柄のみにしがみついて生きているのだから無理も無い。申し訳ないが、わしは先例の無い事をしないではいられない性分。歴史を作る為に生まれて来たのじゃ——

その年一年の内に、義満に三人の息子が生まれた。十七歳の後小松天皇にも初めての男子が生まれた。ゴシップ好きの京都の人々は、明の強壮剤が強力らしいとか、子供と孫が同時に出来た、などと噂していた。後小松天皇は実は義満の子であるという根強い噂があったからである。この後死ぬ迄に十人の子供を儲けた義満だが、四十二人の子供を残した同時代の洪武帝に比べれば慎ましい方だ、と思っていただろう。この年唯一の痛恨事は、建立して僅か二年の相国寺大塔が九月二十四日に火災で焼失した事だ。夢窓疎石の弟子である禅僧絶海中津《ぜっかいちゅうしん》は、焼け跡で呆然とする義満を励まし、大塔を再建を決意させ、更には明との貿易も強く勧めた。絶海は六年間明に滞在し、皇帝にその詩を絶賛された程の国際派。世界情勢についても助言をしていたのだ。一三九五年の初めに石清水、伊勢、奈良、若狭と立て続けに豪華な旅行をした後六月三日、義満は突然太政大臣の職を辞すと、今度は出家すると宣言した。周りは慌てふためき、後小松天皇も慰留しようとしたが、義満の決心は固かった。

「お留めなさら無いで下さい。私は以前と変わらず政務に励みますから」

それでは何で出家するのだろうか。周囲はその真意を測り兼ねていた。都人は、髪の手入れが面倒になったのではとか、仏教の法服の方が豪華で着たくなったからでは、などと言って茶化していた。一三九五年六月二十日、義満は絶海中津の手によって剃髪《ていはつ》、相国寺の空谷明応《くうこくみょうおう》を戒師として出家した。次いで二人の側近が絶海を戒師に出家した。それを聞いた公卿や武将達が続々押しかけたが義満は誰とも会おうとしなかった。やっと夜になって、管領に返り咲いていた斯波義将には会った。翌日義将の弟が、次いで二十四日には義将自身が出家、その後、後に滅ぼされる事になる大内義弘を含め、主だった公卿と武将達が続々出家。中には出家するには若過ぎると文句を言われて蟄居した者もあれば出家名を聞かれて慌てて出家する者もある、といった具合で公武合わせて、てんやわんやの大混乱となった。兎に角誰もが義満の弟子として出家し、布施を進上しなければ、と焦ったのである。一人の公家が本音を書き残している。

『公家からも武家からもまだまだ出家する者が続いている。天魔の仕業、とでも言うべきだろうか。おっと、言わなかった事にしなければ！』

にわか坊主もいいところ、剃りたての頭が右往左往する朝廷、幕府界隈の光景は珍無類と都人は大いに面白がった。禅寺の相国寺で出家したにも拘らず、義満はこの後宗派の違う東大寺、興福寺、延暦寺でも受戒した。特に延暦寺での受戒の儀式は後白河法皇の例に倣う、盛大なものだった。

――天はいつもわしの味方だから出家してみたが、今度は皆が競って弟子にしてくれとやって来る。どうやらわしに真の徳がある事を皆も分かっている様じゃ。さて、今迄色々やって来たが、仕上げはいよいよ明国と渡り合う事かな。狭いこの国の中でしか通じない、五摂家だの七清家だの、太政大臣だの守護だの管領だの、馬鹿馬鹿しい。わしはもっと広い世界を相手にしたくなった。思えば初めて明に使者を送ったのは一六歳の時の事。あの時は周りから非難され、明からも相手にされず悔しい思いをしたものだが、流石に今や認められても良いだろう。去年は李成桂も明の皇帝に認められて朝鮮王と成った事だし、遅れをとってはならない。これからわしも貿易で大きく儲けて民の税を減らそう、これからはそういう時代じゃ――

十年ぶりに京都に住む事になった世阿弥は、流行の変化に目を見張った。人目を驚かす派手なバサラ風は鳴りを潜め、華やかだがより洗練された雰囲気が好まれている様だった。公家、武家、商家の文化が混ざり合って、違いが少し薄まった様な気がした。十年前は立ち売りしか無かった茶屋も、席を設ける様になった。人々の生活はずっと贅沢になっていたがこれも義満の趣味の影響かもしれない。世阿弥は地方公演を続ける間に、食べて行くのもやっとという窮状を具《つぶさ》に見て来たので、繁栄を謳歌する都は別世界に思えた。澄まし返った人々が早足で歩く、都の大路で世阿弥は不安を覚えた。

——都の人々は誰もが忙しそうで、自分の利にならない事には無関心の様な顔をしている。果たして俺の能などで心を動かせるのだろうか——

しかし、義満が息子の将軍就任記念に新作を作らせるや、世阿弥の作品は都の人々に喝采をもって迎えられ、大いに流行した。都の人々は今や、義満の好むものは何でも好んだのである。観世座は将軍家から莫大な扶持を受ける様になり、座員達は有頂天だった。世阿弥一人この成功を素直に喜べず、却って精神的に不安定になった。そして度々奈良の補巌寺《ふがんじ》の僧、竹窓智巌《ちくそうちごん》の所に助言を求めに行った。

「おお世阿弥殿、穢苦《むさくる》しい田舎寺に又おいでなされましたな。何事ですか」

「又心が乱れて収まら無くなり、辛いので、助けて頂きたいのです」

「都で何か心配事でも」

「いえ、心配どころか京都では万事怖い程順調です。でも、私はこの先興福寺での公演以上の事が出来るとはとても思え無いのです。あれが人生最高の瞬間で、あの先は無い、仮令京都で認められてもこれがいつ迄も続く訳では無い、と思って仕舞うのです。もうこれ以上生きて行く意味が無い様な気がして来るのです」

「まず、御自分がどれだけ人から求められているか、それをお考えなされ。世阿弥殿、あなたの能には人の心を癒す不思議な力があるのです。誰にでも出来る事では無い。菩薩は万人の心を救う為に色々な人の姿でこの世にやって来ます。あなたはその一人なのです」

「私の音曲が人の心を癒す事があるのは知っています。でも、私は菩薩などではありません。私自身の心が癒されない儘《まま》なのですから」

「恐らく悲増菩薩なのでしょう。まず一切衆生を導き尽くして後、自らの仏道を成就する菩薩です」

「悲増菩薩……ああ、上様に頂いた夢窓疎石殿の本で読んだ事があります。自分の心が救われる前に人々の心を救うという、それが私の運命なのかもしれません、先に悟る智増菩薩などでは無い。いやいや、悲増だの智増だの、名前はどうでもいいのです。私の心はたった今、本当に壊れそうなのです。どうかお救い下さい、お願いします」

「万事順調、と仰られましたが、本当に心配は無いのですか。何か心に引っ掛かる事があるのではないですか」

「心に引っ掛かる……それは、強いて言えば上様の事でしょうか」

「義満殿の事ですね。将軍職を義持殿に譲って太政大臣に成られたと思ったら、大旅行の挙句太政大臣を辞して突然の出家、今は北山に、花の御所をも凌ぐ壮大な新第を建設されておられるとか。一体何をお考えなのか、我々凡人には想像も付きません。一体どういうお方なのでしょう、教えて頂きたいものですな。お付き合いも長いでしょう」

「上様と二十年以上前にお会いした時、誰よりも心が広くて、人を差別なさら無い、素晴らしいお方だと思いました。そしてお側でお仕えして、あの方だけが私の誠の友である、と確信致しました。今でも私の心に変わりはありません。でも、今の上様は昔の上様ではありません。周りがそうさせるのでしょうか、誰よりも偉い、とお思いになってしまった様な気がいたします。私の事も最早友とはお思いになっていない。勿論頻繁にお座敷に呼ばれ、芸を披露しております。でも所詮芸人扱い、本音で話をする機会は無いのです。それが本当に、悲しくてならないのです」

「義満殿は明徳の乱で鮮やかな勝利を得られ、南北朝合一という恐らく人生の一大目標を叶えられた。正に天が味方していたとしか思われません。しかしそういう時こそ心に魔が差し、恐ろしく傲慢になるのです。所謂増上慢《ぞうじょうまん》です。一度これに囚われると、欲望に限りが無くなり、もっと、もっと、と求め続けるのです。皮肉な事に、素晴らしいと誰もが尊敬する様な偉大な人に屡々《しばしば》起きる事です。人生の大目標が達成した時に起こる事ですから」

「人生の大目標が達成した途端、傲慢になるどころか、心配で私の心は乱れ始めました」

「なら、増上慢に陥らなかったのですから、幸せだと思わなければ。如何ですか、あなたの能で義満殿を増上慢から目覚めさせるというのは。あなたにしか出来無い事ではないでしょうか」

「私の能で上様の目を覚まさせる？　それが出来たら素晴らしい！　有難う御座いました。私の次の目標が見えた様な気が致します」

京都に戻った世阿弥を待っていたのは、一三九九年に醍醐寺で一日十番の演能をせよとの義満からの命令であった。

――醍醐寺での公演、ついに約束の時が来たか。しかし一日十番とはどういう事だろう。三十歳を越したこの身に五番が精一杯。それ以上は無理というもの、死ねという事か。いや、もしも上様を増上慢から目覚めさせて舞台で死ぬ事が出来たらそれこそ本望、思い残す事は無いだろう――

世阿弥は早速新旧のレパートリーから十曲を選んだ。メインの曲は嫉妬が主題の『葵上』と決めた。出家した義満に因んで、出家した詩人西行の曲を入れる事にした。観阿弥の人気作も幾つか改作する事にした。何しろ十番演じろとの無理難題。「重荷」を主題とした曲を最後に据えようと考えた。

出家後の義満の初仕事は、寵愛していた禁裏の女官を懐妊させた疑いで要職にあった廷臣を解雇するというものであった。その後もお気に入りの廷臣や武家大名を出世させたかと思うと出家させたり京都から追放したりと気まぐれな人事を繰り返すので、人々は戦々恐々として義満の顔色を窺う様になった。世を捨てるどころか、すっかり世俗的に成ってしまった様だった。更に義満は比叡山延暦寺、奈良興福寺をはじめ諸寺の堂塔を次々建設、その供養法会に臨む姿は院政全盛期の法王の如くであった。その勢いは最早誰にも止める事が出来無かった。後円融上皇は既に南北朝合一の翌年三十五歳の若さで薨去しており、十六歳の後小松天皇の代行は義満が行っていた。土倉酒屋役という朝廷の大きな収入源だった税金を幕府の物としたのもこの年であった。向かうところ敵なしの義満の新しい気懸りは、朝鮮との私貿易で巨利を得ていた大内義弘だった。明徳の乱で山名方と壮絶な死闘を繰り広げた猛将、その上南朝と講和談判もし、義満の後を追って出家するなど、幕府にとっては最も重要な人物であった筈だが、その羽振りの良さと、百済王族の末裔である事を振りかざす所が義満の嫉妬心を刺激した。しかし、当面の義満の最大の関心事は、室町第を息子義持に譲って、自身の理想の屋形を北山の地に造る事にあった。北山といえば古くから都の貴人に愛された遊楽の地。当時は荒廃していたが、百七十年前に宋貿易で財を成した西園寺公経《きんつね》が壮大な別荘を建てた事で知られていた。そこには十数メートルの巨大な滝があり、藤原定歌も絶賛したと言われている。義満はそこに多くの壮麗な建物を建てたが、何より人々を驚かせたのは周囲を池に囲まれた三階建ての舎利殿、すなわち金閣寺である。池の対岸の天鏡閣という、西園寺時代の建物と二階で長大な橋で繋げられ、そこを歩くとまるで天の虹の上を歩く心地になると言われた。

一三九七年四月十六日、義満は北山第の全面的な完成を待たずに内大臣、左大臣、右大臣を含めた数百人の客を招いた。幕府重臣も正装して集まり、管領斯波義将は、「西方極楽も敵うべからず」と褒めそやした。義満は僧服に金襴の袈裟姿で、十一歳の新将軍義持と、三歳のお気に入りの息子義嗣《よしつぐ》を従え、得意満面で客人に挨拶した。義持は父に似ず、見るからに頼りなかったが、義嗣は父親譲りの大きな目が印象的な、愛くるしい幼児だった。義満が義嗣の方を可愛いと思っているのは誰の目にも明らかだったし、それは無理も無い事だった。

第五章

約束の醍醐寺公演（一三九九年）

一三九九年四月二十九日の観世座醍醐寺公演の受け止め方は、人様々であった。観阿弥のファンにとっては一三七二年の醍醐寺七日間公演を思い出させる、息子世阿弥の一大公演である。自分も六十代、これが人生最後に見る大きな能公演と思ったかもしれない。稚児時代の世阿弥に歓声を上げていた嘗ての少女達は三十代後半、久しぶりに胸ときめかせながら足を運んだ事だろう。数年前に京都に観世座が戻って初めて世阿弥を知った若者達はその子供世代、初めて行く大公演に期待で胸を膨らませていた。四十一歳の義満にとっては二十五年越しの夢の実現であり、十五年前に世阿弥と交わした醍醐寺公演という約束の履行でもあった。

——平和で繁栄を謳歌する京都で、今熊野以上の世阿弥の能公演か。今では当然の様だが、二十五年前に誰が予想出来ただろう。南北朝問題が解決する事も、世阿弥が大成する事も、わしが太政大臣に昇り詰める事も。思えば色々あったな。今やわしはこうして民と共に音楽を楽しみ、父母の如く慕われておる。正に誠の徳を持つ聖人君主じゃ――

世阿弥にとっては十五年前の醍醐寺公演の約束が果たされた事であり、人生最高の舞台にしなければならないとの覚悟があった。しかしそれ以上に、民の心を忘れた義満の目を覚ますという大目標があった。

――興福寺で上様を泣かせる事が出来た。今日は上様を増上慢から目覚めさせなければならない。それには若い頃の心に戻せば良いのだ。どれ程変わらず上様の事を思い続けているか、この心が伝われば、上様もきっと純粋だった昔の心を取り戻して下さるだろう――

げに治まれる　四方《よも》の國
げに治まれる　四方の國
関の戸ささで　通はん

歴史的な醍醐寺公演は、当然の如く、平和と繁栄と自由な世を寿《ことほ》ぐ歌から始まった。歌の言葉通り戦乱は収まり、関所の戸は解放され、時代は自由で、どこ迄も発展して行きそうな高揚した気分に溢れていた。それもこれも強運で明るい義満の強烈なリーダーシップのお陰、と誰もが感じていた。曲の名は「老松」。松の緑と梅の紅、長寿と若さ、といったコントラストがはっきりしたシンプルで分かりやすい曲調、時代の気分を大いに反映していた。

名こそ老木の　若緑
歌を歌ひ　舞を舞い

舞の後は目出度い言葉で締め括られる。

これは老木の　神松の　千代に八千代にさざれ石の
巌となりて苔のむすまで
苔のむすまで松竹　鶴亀の
齢を授くる　この君の

行く末守れと　わが神託の
告げを　知らする
松風も梅も
久しき春こそ　めでたけれ
久しき春こそ　めでたけれ

――世阿弥は老松と言うが、まだまだ細くて若いではないか。それに比べてわしは少し太ったな――

ここ数年ですっかり貫禄が付いてしまった義満は、世阿弥の変わらなさに驚いた。二曲目『頼政』は、平家物語で誰もが知っている、百年前に宇治川の合戦で戦死した老武者・源頼政の物語。しかしまず現れたのは四郎扮する室町時代の現代っ子。京都の名所を見尽くして奈良に向かう途中に立ち寄った宇治の里で、地元の男を捕まえて見どころを尋ねる。世阿弥扮する地元の男は、「いさ白波の宇治の川、さあ知らないな」と、しらなみ＝しらないの駄洒落で答える。「それでは喜撰法師の庵は」と問うと、「世を宇治山と人はいうなり、世間が宇治山と言っているそうだな、などと他人事の様に言っている位だから本人も何処に住んでいるのか知らなかったでしょう、勿論私も知りませんよ」と空とぼける。百人一首の「我が庵は都のたつみ鹿ぞ住む」を知っていれば笑える冗談である。男は続けて槇《まき》の島、小島が岬など名所を披露し、更に調子に乗って、「月が出るのに朝日山」などと益々下手な駄洒落で歌い出す。客席からは笑いが起こる。近頃態と下手な冗談を連発する様になった義満は、もしや当て付け、と苦笑いした。と、その瞬間、地元の男が一転真顔になって、「ところで平等院はご覧になったか」と聞く。若者が「いやまだ」と答えると、それではと、扇形に芝を刈った平等院の釣り殿の辺りに案内する。

いにしへこの所に宮戦のありし時、源三位頼政合戦に打ち負け、この所にて扇を敷き、自害し給ひし名将の果て給ひける跡なればとて今に扇の芝と申し候

聞いていた若者も「それは痛わしい」と神妙になると、地元の男は「丁度今日は頼政自害の日、実は私は旅人の夢に現れる者、現実の人間では無いのです」と謎めいた言葉を残して舞台から去って行く。若者はまさかあれは頼政の亡霊？　とぞっとしながらも扇の芝に横たわり、夢を見ようとする。暫く後、囃子が鳴り渡り、現

れたのは老武者の面を着けた世阿弥。飛び出した目にこけた頬、ばらばらの髪という凄惨な表情の面に観客は釘づけになった。

血は涿鹿《たくろく》の河となって
紅波は楯を流し
白刃骨を砕く
世を宇治川の網代の波
あら閻浮《えんぶ》恋しや

誰もが瞬時に、八年前京都が戦場となった明徳の乱を思い出した。そして平和慣れして千人もの死者達があったのをすっかり忘れていた事に恥じ入った。

泡沫《うたかた》の　あはれはかなき　世の中に
蝸牛《かぎゅう》の角の　争ひも
はかなかりける心かな

近い内に大内氏との決戦を覚悟していた義満は苦笑いをした。

――蝸牛の角の上で争っているわしは確かに愚かもしれん。しかし、真の指導者は戦い続けなければならんのじゃ。忠臣と思っていた大内は、生意気にも北山第の造営を断わりおった。全く奢り高ぶったけしからん奴に成り果てた、始末せねばならん――

クライマックスは、自害の場面である。

埋もれ木の　花咲くことも　なかりしに
身のなる果ては　あはれ　なりけり

平家物語でもお馴染みの頼政辞世の歌は美しく劇的で、観客は深く感動した。一人義満だけはその歌の背後に、井筒で感じた狂女の未練を感じ取った。

――あんなに年老いた頼政の面なのに、歌を聞くと何故女の様に思えるのだろう。世阿弥だからか――

三曲目「清経」はやはり平家物語の世界だが、戦よりも夫婦の情愛を涙と夢で描く女性的な曲である。戦の際に投身自殺した夫・清経を恨む妻の思いを込めて四郎が舞う。

涙とともに　思ひ寝の
夢になりとも　見え給へと
寝られるに　傾くる
枕や恋を　知らすらん
枕や恋を　知らすらん

——又々女の恋の未練か、夢と涙、如何にも世阿弥らしい——
と義満が思っていると、まるで冥界からやって来た様な、憂いを帯びた若き貴公子の面を着けた世阿弥が登場した。清経の亡霊である。

聖人に夢なし誰あって　現と見る

——聖人に夢なしとは、三条坊門第でわしが世阿弥に言った事。さてはわしが言った言葉を全て覚えているのだな——

うたた寝に　恋しき人を見てしより
夢てふものは　頼み初めてき

世阿弥は俯きながらゆっくりと歌うと、顔を上げ義満を真正面に見つめた。
――分かっておる、分かっておる、一緒に読んだ古今集の、あれは小野小町の歌だったな。いい歌だと話し合ったな。覚えているぞ――

恨みをさへに　言ひ添へて
恨みをさへに　言ひ添へて
くねる涙の手枕を
並べて　ふたりが逢夜なれど
恨むれば　ひとり寝の
節々なるぞ　悲しき

地謡のコーラスは、清経の妻の言葉なのだが、義満には、歌に合わせて舞う世阿弥が自分を咎めている様に思えてならなかった。

――又未練がましい狂女に成ってわしを責めているのか？　何という執拗さ、しかし、いい曲じゃ、いい曲じゃ――

さるにても　八幡の
ご託宣　あらたに
心魂に残る　ことわり
まこと　正直の
頭に宿り　給ふかと

又しても自分が言った言葉が台詞になっているのに、義満は苦笑いした。世阿弥はこの時も義満を正面から見据えたが、一瞬の事なので観客は気が付かなかった。曲はいよいよクライマックス。船首に立ち、横笛を吹いて一節歌って入水するという、平家物語でお馴染《なじ》みの美しい自殺の場面である。

この世とても　旅ぞかし
あら思ひ残さずやと

よそ目には　ひたふる
狂人と人や　見るらん

清経の妻の嘆きの歌も又痛ましくも美しい。

聞くに心も呉織《くれはどり》（昏鳥）
憂き音に沈む涙の雨の
うらめしかりける契かな

最後、清経の心は悟りを得るのだが、それは世阿弥が義満に願う事でもあった。
通じるかどうかは分からないが、兎に角祈りを込めて歌い切った。

げにも心は　清経が
げにも心は　清経が
仏果を得しこそ　有難けれ

四曲目は観阿弥の作品を改作した「松風」である。世阿弥扮する松風と四郎扮する村雨は、貴人在原行平が配流されていた三年の間、共に寵愛を受けていた須磨の浦の海女の姉妹。死んで尚、都に帰ってしまった行平への思いが断ち切れず、旅人の夢に現れて切なく歌い、最後は松の木を行平と取り違えて狂乱の舞を舞う。

影恥づかしき　わが姿
影恥づかしき　わが姿
忍び　車を退く潮の
跡に残れる溜り水
いつまで住みは　果つべき

身にも及ばぬ　恋をさへ
須磨のあまりに　罪深し
跡弔ひて　賜《た》び給へ

若さへの妄執、身分違いの恋と別れ、義満はこの曲にも狂気の女をはっきりと感じ取った。曲が進むに連れ、これでもかと未練の歌が続く。

恋ひ草の
露も思ひも　乱れつつ
露も思ひも　乱れつつ
心狂気に　馴れ衣の
巳の日の　祓ひや
木綿《ゆう》しでの
神の助けも　波の上
あはれに消えし　憂き身なり

形見の烏帽子と狩衣を見て涙する所は井筒を思い出させる。勿論、どちらも義満拝領の品である。

この程の　形見とて
おん立烏帽子　狩衣を

残し置き　給へども
これを　見るたびに
いや増しの　思ひ草

過去の恋に対する妄執を繰り返す言葉は、観客の胸を掻きむしる。ここ迄来ると誰もが、世阿弥の義満に対する未練の心を歌っている様に感じた。

起き臥しわかで　枕より
後より恋の　背め来れば
せん方　涙に
伏し沈むことぞ　悲しき

烏帽子と狩衣を身に着けてからの世阿弥は狂気の度を深め、遂に松の木を行平と取り違えて狂乱の舞を舞う。

三瀬川　絶えぬ涙の　憂き瀬にも

乱るる恋の　渕はありけり
あら嬉しやあれに行平のお立ちあるが
松風と召されさむらふぞや
いで参らう

京都の目の肥えた観客達も、切ない詩に絡みつく様な笛の音、心臓の鼓動の様な鼓、世阿弥の悲痛な歌声、狂気を孕んだ舞にすっかり心を捉えられた。観阿弥の松風を知る往年のファンも、息子が父を超えた事を認めざるを得なかった。

夢も跡なく　夜も明けて
村雨を聞きしも　けさ見れば
松風ばかりや　残るらん
松風ばかりや　残るらん

最後の狂乱の舞が終わって、義満はこの曲の圧倒的な迫力に舌を巻いた。

――これは凄い、又しても狂気を感じるが、何と美しかった事か。井筒を更に深めたのじゃな――

五曲目は『葵上』。葵上は光源氏の妻だが、主人公は光源氏の年上の元恋人にして知的で誇り高い六条御息所である。深い嫉妬の念に囚われ、自分の意思に反して霊が彷徨い出て、葵上を連れ去ろうとする。観客達は今度は、遂に子をなさなかった義満の年上の正室業子を重ね合わせて聞き始めていた。日は徐々に暮れかかり、世阿弥扮する六条御息所の悲しい歌がしみじみと響く。

きのふの花はけふの夢と
驚かぬこそ愚かなれ
身の憂きに
人の恨みのなほ添ひて
忘れもやらぬわが思ひ

容色の衰えを嘆く言葉は業子の言葉でもあり、三十六歳の世阿弥の本音の様にも聞こえた。

あら恥ずかしや
今とても
忍び車の　わが姿

われ世にありしいにしへは
雲上の花の宴
春の朝の御遊に慣れ

花やかなりし身なれども
衰へぬれば朝顔の
日陰待つ間の有様なり

嘆きを繰り返した後は恨みの繰り返しとなる。

あら恨めしや
いまは打たではかなひ候まじ
恨めしの　心や
恨めしの　心や
人の恨みの　深くして
憂き音に泣かせ　給ふとも

終には葵上を牛車に乗せて連れ去ろうとする。

夢にだに　帰らぬものを　わが契り
昔語りに　なりぬれば
なほも思ひは
真澄鏡《ますかがみ》（増鏡）

その面影も　恥ずかしや
枕に立てる　破れ車

うち乗せかくれ行かうよ
うち乗せかくれ行かうよ

世阿弥扮する六条御息所は一旦舞台から消え、その間に行者が霊を調伏する為に呼ばれる。日はすっかり暮れ、篝火が焚かれ、異様な雰囲気が高まる。やがて再登場したのは、嫉妬に狂って般若の面を着けた六条御息所、いよいよ行者との対決が始まる。般若と成った六条御息所は最初自信たっぷりである。

いかに行者はや帰り給へ
帰らで不覺し給ふなよ

打ち杖を振り回す六条御息所の迫力に、行者の形勢は明らかに不利。しかし行者は数珠を押し揉み、祈りを唱えて必死に応戦する。

なまくさ　まんだばさらだ
なまくさ　まんだばさらだ

せんだ　まかろしゃな
そわたやうんたら　たかんまん
聴我説者《ちょうがせっしゃ》　得大智慧《とくだいちえ》
知我心者《ちがじんしゃ》　即身成仏

数珠で打ち据えると、遂に六条御息所は崩れる様に平座する。嫉妬の心は消えたのだろうか、どうやら悟りを開いたらしい。

悪鬼心を和らげ
忍辱慈悲《にんにくじひ》の　姿にて
菩薩もここに　来迎す

成仏得脱の
身となり行くぞ　有難き
身となり行くぞ　有難き

制御出来無い迄の嫉妬心、それと全力で戦う行者の祈り、祈りが嫉妬心に打ち勝ち、癒される結末。世阿弥は自分が本気で狂いを演じる事によって人々の心を癒したかった。そして同時に義満の心も悟りに導きたかったのだが、義満にその意図は通じなかった。

――何と恐ろしい、迫力のある曲じゃ。背筋が凍る思いがしたぞ。業子には見せられないな。松風も良かったが、『葵上』も間違いなく傑作じゃ――

戦争、自殺、妄執、嫉妬、亡霊に生霊など、暗い曲が続いた後の六曲目は「西行桜」。花見巡り中の若者グループが有名詩人の西行の家迄桜を見に押し掛ける場面から始まり、時代設定は二百年前とはいえ、室町時代と変わらぬ京都の享楽的な雰囲気が味わえる。篝火が増やされ舞台は昼間の様に明るく照らされ、これ迄と打って変わった華やかさだ。若者達と西行との対話で終わる前半に世阿弥の出番は無い。暫く体を休ませる為の配慮である。

頃も弥生の　空なれや
やよ留まりて　花の友
知るも知らぬも　もろともに

たれも花なる　心かな
たれも花なる　心かな

平安時代の京都の若者も桜の頃は同じ様に浮き浮きとした気分になったのだと、室町時代の観客は思った。

日本一のご機嫌にて候

西行の事を言っているのに、得意絶頂の義満の事の様でもあり、時代の雰囲気を一言で表しているかの様でもあった。

われはまた心　異なる花の下に
飛花落葉を感じつつ
ひとり心を澄ますところに

世間を避け、一人庵室に引き籠っていた四郎演じる西行は、初め若者達を受け入れるのを拒んでいたが結局桜を見せる事にする。

やがて中入りとなり、篝火が減り、西行の幻想、夜の場面となる。ここでようやく世阿弥が白髪を付け、老木の精として登場する。

埋もれ木の　人知れぬ身と沈めども
心の花は残りけるぞや

恥ずかしや　老木の花も少なく　枝朽ちて
あたら桜の　咎の　なきよしを

世阿弥は引き続き容色の衰えに言及する。又恨み節になるのかと思いきや、意外にも曲調は華やかに転じる。

九重に　咲けども花の八重桜
いく代の春を重ぬらん

しかるに花の名高きは
まづ初花を急ぐなる
近衛殿の糸桜

近衛殿の糸桜といえば義満が室町第に移植して話題となった、かの有名な名木。義満は若き日の我儘を思い出し、にやりと笑った。

見渡せば　柳桜をこき交ぜて
都は春の錦　燦爛《さんらん》たり
千本の　桜を　植えおき
その色を　所の名に見する
千本の　花盛り
雲路や雪に　残るらん

白髪姿なのに世阿弥の舞姿は妖艶で、観客はその芸に魅了された。

あら名残惜しの夜遊かな
惜しむべし惜しむべし
得がたきは時
逢ひがたきは友なるべし
春宵一刻値千金
花に清香　月に影

華やかな歌の後の長い舞に入った世阿弥は、花盛りの桜と老木、若さと老い、時の流れの全てを表現した。世阿弥は義満に、過去の純粋だった頃を思い出させて今の誤りに気付いて欲しかった。普段過去を振り返る事の無い義満も、懐旧の念に囚われ、珍しくも我が身を反省した。

――室町第を建てた頃、お互い若かったな。屋敷の中を走り回ったり、夜通し話し込んだりしたものだ。友、という言葉を本気で信じていた。世阿弥はあの頃とちっとも変らぬ様に見える。じゃがわしには贅肉が付いたかもしれんな、心にも体にも――

春の夜の
花の影より　明け初めて
鐘をも待たぬ
別れこそあれ
別れこそあれ

長い舞の後の歌に、更に過去が思い起こされた。
――ああ、懐かしい。懐かしいと思うと何故こんなに胸が苦しくなるのだろう
――
義満の心を掴みかけた事を確信しながら、世阿弥は最後速いテンポで切り上げた。

待て暫し待て暫し
夜はまだ深きぞ
白むは花の
影なりけり
よそはまだ小倉の

山陰に残る
夜桜の花の枕の
夢は覺めにけり
夢は覺めにけり
嵐も雪も　散り敷くや
花を　踏んでは同じく　惜しむ少年の
春の夜は　明けにけりや
翁さびて　跡もなし
翁さびて　跡もなし

七曲目は『融《とおる》』。融といえば光源氏のモデルと言われる、室町時代から更に五百年以上前の実在の貴公子。場面は融の邸宅の跡。四郎演じる旅の僧が訪れると、世阿弥扮する潮汲みの老人がいるので、都で何故態々《わざわざ》潮汲みなどしているのかと尋ねると、昔ここに住んでいた源融に頼まれての事だと答える。二人は更にこの辺りの名所を話題にするのだが、それらは又、義満が訪れた事のある地名ばかりであった。

語りも尽くさじ言の葉の
歌の中山清閑寺
今熊野とはあれぞかし

今熊野、と来れば勿論二十五年前の初の将軍お成り公演の舞台である。世阿弥は執拗に過去へ過去へと義満を誘う。旅の僧は眠り、潮汲みの老人は舞台から消え、前半が終わる。やがて世阿弥は若き貴公子の面を着けて晴れやかに再登場する。潮汲みの老人は実は融の亡霊だったという設定である。

忘れて年を経しものを
またいにしへに返る波の
その名を残す公卿《もうつきみ》
融の大臣《おとど》とはわがことなり

後半の衣装は義満好み、舞も嘗ての義満の様にのびのびと晴れやかに、楽しげで優雅であった。世阿弥は融の大臣とは我が事なり、と言う時、態と義満を正面から見据えた。それは、融こそ義満である、と伝えたかったからである。豪華な北山第も、いつかは荒れ果て、義満も来世では民の心を忘れた報いで潮汲みの老人に成るかもしれない、という警告のつもりだった。しかし、義満は他の観客同様、融は北山第の嘗ての主、西園寺公経の事だと思った。

月もはや　影　傾きて　明け方の
雲となり　雨となる
この光陰に　誘はれて
月の都に　入り給ふ　よそほひ
あら名残惜しの　面影や
名残惜しの　面影

地謡のコーラスの中明るく舞台を去る世阿弥に、観客はこれで最後かと思った。通常五番の演目が、今日はこれで七曲目である。しかし義満が退席しないので観客は待った。それに人気曲「井筒」を聞かずには帰れないと誰もが思っていた。舞台裏では、七番演じて消耗し切った世阿弥が意識を失ってしまった。時々起こる事とはいえ、義満がいるのでいつ迄も待たせる訳にはいかない。座員達は祈る様な気持ちで世阿弥の意識が戻るのを待った。やがて世阿弥は薄目を開け、先に登場する四郎達に出る様促した。囃子方に合図が送られ、笛が鳴り響いた。今か今かと待ち兼ねていた観客は思わず響めいた。八曲目、『忠度《ただのり》』である。

花をも憂しと　捨つる身の
花をも憂しと　捨つる身の
月にも雲は　厭《いと》はじ

平忠度は四十歳で一の谷で戦死した武士。とはいえ、和歌が主題なので始まりも雅びである。囃子方は世阿弥を少しでも休ませる為にゆっくり演奏し、四郎達もそれに合わせてゆっくりと登場し、間をあけて歌った。そしていよいよ世阿弥扮する忠度の出番である。四郎達は舞台上で身を固くした。これでもし世阿弥が出られなければお終いである。しかし幕は再度上がった。世阿弥は杖をつき、瀕死の老人の様に現れた。半分は演技で、半分は真実だった。

げに世を渡る慣らひとて
かく憂き業にもこりずまの
汲まぬ時だに塩木を運べば

異様な老体に、観客は息を呑んだ。誰もが、世阿弥が疲労困憊なのを見て取った。老人は実は忠度の亡霊、自分の和歌が勅撰集に詠み人知らずとして入れられ、名前を残す事が出来無かった事に執着して現れたのである。やや短めの歌を歌うと舞台裏に退き、四郎達扮する僧と、里の男達が長々と忠度の説明をして時間を稼いだ。四郎達はやがて夢に落ち、後半となる。たっぷりと時間を置いて世阿弥が、今度は生前の忠度の姿に成って現れる。

恥づかしや亡き跡に
姿を返す夢のうち
覺むる心はいにしへに
迷ふ雨夜の物語り
申さんために魂魄に

移り変わりて来りけり

ゆっくりとした歌から始まるが、合戦の場面となり、テンポは速まる。観客がはらはらして見守る中、遂に六弥太という武士に右手を切られ、首を打ち落とされるという凄惨な場面となる。明徳の乱の際の、山名氏清らの壮絶な最期が思い起こされた。

六弥太が　郎等　おんうしろより立ち回り
上にまします　忠度の
右の腕を　打ち落とせば
左の　おん手にて
六弥太を取って　投げのけ
今はかなわじと　思しめして
そこ　退き給へ　人々よ
西拝まんと　宣ひし
おん聲の　下よりも

痛はしや　あへなくも
六弥太太刀を　抜き持ち
終におん首を　打ち落とす

激しい場面の後は和歌の世界に帰り、締め括られる。世阿弥の体力が持つか心配していた四郎達も安堵した。

花は根に　帰るなり
わが跡弔ひて　賜び給へ
木蔭を旅の　宿とせば
花こそ主　なりけれ

「忠度」が終わると舞台に井戸の作り物がゆっくりと運ばれた。これも世阿弥の体力を気遣う裏方の配慮であった。観客はお待ち兼ねの「井筒」が始まると分かり、期待に響めいた。笛が鳴り響き、旅の僧に扮した四郎の冒頭場面が終わると、世阿弥の登場である。疲れの為に足取りは遅く、興福寺の時と違って最初から面を着けている。しかし歌う声に陰りは無く、その美しさに思わず唱和し出す観客がいた。早くも涙ぐむ者さえいた。「筒井筒　筒井筒　井筒にかけしまろが丈」では、殆どの観客が一緒に歌った。後半のクライマックスの舞でも、多くの観客が涙を流していた。誰もが世阿弥が命懸けで演技をしていると感じたからである。しかし世阿弥は面の下で一人醒めていた。興福寺公演を繰り返すつもりは無かったし、同情で感動を得たく無かったからである。能役者として、観客には常に新しい感動を与えなければ意味が無いと信じていたからである。客席でそれを分かっていたのは義満只一人だった。だからこそ決して涙を流さなかった。過去に囚われず、信念を持って前進し続け、全てにおいて成功を収めていた義満は、世阿弥の舞台に同等の水準を求めていた。そしてその期待に応える世阿弥に、自分と匹敵する人物は彼しかいないかもしれない、と思った。

「井筒」が終わり、観客達はすっかり満足した。これ以上世阿弥が演じられるとは思われなかったのである。誰もが義満の退席を待っていた。ところが舞台に美しい絹地に包まれた重荷の作り物が運ばれると、唐突に笛が鳴り、四郎が舞台上に現れ、皆は呆気にとられた。四郎が口早に曲の説明をする。

「自分は菊を愛する天皇に仕える者。菊の下葉を取る老人がその天皇の后妃を一目垣間見て恋心を持ったとか。后妃は、恋に上下は無いというし、絹に包んだ重荷を持って千回歩けたら会ってあげましょう、と仰られた」

世阿弥にしては珍しい、当世風の始まり方に観客達が興味を唆られていると、世阿弥が下葉を取る老人の姿で現れた。勿論疲れ切っていて、歌う姿も痛々しい。

たれ踏み初めて　恋の道
巻に人の　迷ふらん
名も理や恋の重荷
げに持ちかねる
この荷かな

歌いながら重荷を持ち上げようとして叶わず、座り込む。何度か試みるがその度に叶わぬ恋心を抱いてしまった事を嘆く。

よしとても　よしとても

この身は軽し徒に
恋の奴に　なり果てて

苦しや　ひとり寝の
わが手枕の　肩替へて
持てども　持たれぬ
そも恋はなにの　重きぞ

そして絶望のあまり自殺してしまう。

恋の乱れの　束ね緒も
絶え果てぬ

よしや　恋ひ死なん
乱れ　恋になして
思ひ知らせ　申さん

后妃はそれを伝え聞いて衝撃を受け、残された重荷を眺めて静かに歌う。

恋よ恋
われ中空になすな恋
恋には人の死なぬものかは
無慚の　者の心やな

後半、世阿弥は老人の亡霊と成って舞台にゆっくりと現れる。

吉野川　岩切り通し行く水の

——吉、水、さてはわしの名義満を捩っているのじゃな。最初から妙によし、という音が続いておったし——

義満は興味を持って一言一言に耳を傾けだした。

音には立てじ恋ひ死にし

一念無量の鬼となるも
ただ由なやな誠なき

——待てよ、老人は恋心を隠していなかった筈じゃが——

言寄せ妻の　空頼め
げにも由なき　心かな

——ましてや恋人でも無かったのに、言寄せ妻とは意味が通らないぞ。分かった、分かった、又わしの事を責めているのじゃな——

うきねのみ　三世の契の満ちてこそ
石の上にも座すといふに
われは由なや逢ひがたき
巌の重荷持たるるものか
あら恨めしや

世阿弥は囃子に連れて正面に進み、まっすぐ義満を見つめた。最後の力を振り絞って舞台に立っている世阿弥自身が老人の深い恋の恨みを表現している、演技を超越している、と観客は思った。

重荷といふも
思ひなり
浅間の煙　浅ましの身や
衆合地獄の　重き苦しみ
さて懲り給へや
懲り給へ

強烈な恨みの言葉の後に老人は落ち着き、最後に悟りを得る。

思ひの煙の　立ち別れ
稲葉の　山風　吹き乱れ
恋路の闇に　迷ふとも

跡弔はば　その恨みは
霜か雪か　霞か
つひには跡も　消えぬべしや
これまでぞ　姫小松の
葉守りの　神となりて
千代の影を　守らん

静かな終わりは珍しく、観客にとって新鮮であった。そして深く感動の余韻が残った。まるで疲れ切った世阿弥が観客に別れを告げ、神と成って行く様な印象すら与えた。世阿弥は、この儘舞台で死んでも良いと思った。義満も意外な幕切れに驚いた。

——何という男じゃ。一日に十番という難題、命懸けで演じ切ったな。興福寺では泣かされたが、今度は心のもっと深い所を刺された様な気がする。わしをこれでもかこれでもかと責めていた。わしが昔の様に胸を開いて話さないと言いたいのだろうが、あの、尋常ならざる執拗さ、くどさ、世阿弥は益々狂気の度を深めたな

一

世阿弥は渾身の公演の後暫くは何も考える事が出来無かった。あまりの評判に一か月以内に京都近郊で三公演が追加され、いずれにも十三歳の新将軍義持が出席した。公演の大成功に引き続き、世阿弥は子宝にも恵まれた。結婚して何年も子供が出来無かった世阿弥にとって朗報ではあったが、一年前に弟の子を養子に迎えていた為に素直に喜ぶ事は出来無かった。

第六章

最期の日々（一三九九年）

世阿弥の必死の訴えも、義満を増上慢から目覚めさせる事が出来無かったらしい。義満の派手なパフォーマンスは勢いを増すばかりで、最早誰にも止める事が出来無くなっていた。醍醐寺公演数か月の後の七夕には、五十人の花生け名人にそれぞれ七つの花瓶を与えて生けさせ、計三五十の花を北山第に飾らせた。しかしそれはまだまだ序の口。九月十五日の相国寺七重大塔の供養式は、前代未聞、稀代のページェントであった。そもそも新しく出来た七重大塔は、既に焼失していた法勝寺の八角九重塔を凌ぐ日本史上最大の塔、いや、中国の慈恩塔すら超える、当時世界一の大塔であった。その上に登ればそれ迄誰も見た事の無い視点から京都中を睥睨《へいげい》する事が出来た。義満はまず、相国寺は禅宗だというのに、宗派を問わず五つの有力寺院から千人の僧侶を招集した。禅宗を特に敵視していた奈良の興福寺も渋々三百人の僧を送る事に同意した。京都中に厳戒態勢が敷かれ、延暦寺から二千人もの僧兵が派遣されるなど、物々しい雰囲気となった。北山第から相国寺に至る沿道は引き直され、両側の民家に桟敷が設けられた。当日は親王、関白以下が土下座する中、これ以上無いという程派手な、金銀の錦を散りばめた蘭陵王《らんりょうおう》の衣装を着て面を着けた義満が、美しい稚児の慶御丸を従えて現れ、北山第から相国寺迄行列を成してゆっくりと練り歩いた。見ていた京都の人々が度肝を抜かれたのは言う迄も無い。しかも夜だったので沿道には万灯が掲げられ、その美しさは例え様も無かったと、奈良から駆り出された興福寺の僧ですら賞賛の感想を残している。一三九九年はそれだけでは終わらなかった。大塔供養式の後、十一月末には予てから挑発していた大内義弘を攻め、立て籠もっていた堺の町を焼き尽くし、滅ぼしてしまった。その最後は二百余騎に三十騎で応戦、鬼神さながら敵百人を打ち倒すも終には義弘一人となり、「これはその名も天下に鳴り響く大内左京太夫義弘なるぞ」と大音声、更に敵を投げ飛ばした後刀を口から貫き、鞍、馬迄も刺し通すという壮絶無比なものであったという。流石に義満もその報せに震撼したが、その大内にさえ勝利したという事で益々自信を深め、人心が離れ出している事に全く気が付かなかった。

その後の行状から義満が全く悔い改めていない事が分かると、世阿弥は絶望的になり、新しい目標を探し求めた。

――上様はもう誰の手にも負えない程の巨大な怪物の様な存在に成ってしまわれた。最早天すら罰するのを躊躇しているとしか思え無い。俺にこれ以上何が出来るというのだろう。やはり能の道で出来る事だけをするしかない――

世阿弥は後継者に書き残すつもりで能に関する執筆を始めた。

『能の起源はインドとか神代とかいう人もいるが、確かめようが無い。最近良く言われているのは聖徳太子が秦河勝《はたのかわかつ》に天下安全と人々の娯楽の為に六十六番の曲を演じさせたのが起源、という説だ』

出だしにそう書きながら、聖徳太子の生まれ変わりと言われた事もある義満の事を思い出し、自分は秦河勝の生まれ変わりである事をふと、想像してみた。次いで和歌を用いる事、好色、博打、大酒を戒め、稽古に励む様書いたのは、父・観阿弥の教えを残したいと思ったからである。

『六歳で稽古を始めよ』

『十一歳～十二歳で持て囃されても調子に乗るな』

『十六歳～十七歳の声変わりの時期に、人に笑われても能に一生を賭けると覚悟して稽古しろ』

『二十二歳〜二十四歳で上手いと言われても油断せず、益々稽古せよ。油断するとここで終わってしまう』

『三十三歳〜三十四歳で頂点と成る。この時期に天下に認められれば良い。この年で認められない様では見込みは無い。しかし認められたからといってそれで終わりではない』

『四十三歳〜四十四歳　この年でまだ人気が落ちなければそれは本当の花というものだ』

　その後、息子に伝えたい演技の事、学ぶべき型の事、各流派の流れ、心得などについて執筆している間、観世家は京都で絶頂期を迎えていた。義満からは会所に呼ばれ、屡々《しばしば》演技を見せたし、「世を超えた声」だからと、「世阿弥」という名も賜り、会えばいつもじぇあ、じぇあ、と親しげに話し掛けられた。側から見ると何の心配も無かった。ところが世阿弥は一人、能の将来に対する不安を募らせていった。能役者が慢心している事が気懸りだったのだ。その為、更に奥義として追筆した。

『最近の能役者は一時の評判、名声に目が眩み、本質を見失っており、この儘では能は廃れるのではないかと心配している』

『上手な役者は目利きに分かるが万人に分かるとは限らない、と普通思われている。しかし、本当に上手な役者というのは、目利きだけでなく目利かずにも分かるものだ』

『つまり、本当の能は、実は目利きだけでなく、目利かずにも分かるものでなければならないのだ』

『時代に応じて、又場所によって万人を面白い、と思わせる、それは人々の為なのだ』

『どんな名人でも万人に分からなければ人の為にならない』

『仮令《たとえ》どんな名人であっても、慢心して評判に有頂天になって人々の幸せを願わないのであれば、嘆かわしい』

『どんな評判を得た名人と雖《いえど》も、時流によっては廃れる時期があるものだ。しかしそんな時でも地方などで人気を保っていれば、いつか都に戻って又天下の評判を取る事が出来る』

何度繰り返しても伝えたかったのは、真の芸術は万人に分かる筈、という観阿弥の教えだった。それは簡単な様でなかなか理解されるものでは無い。庶民が好む低俗な芸能、貴人にしか分からない高尚な芸術、という区別は確かに存在する。しかし、高尚な芸術の上に、高尚であってしかも庶民にも良さが分かる、万人の心を一つにする真の芸術というものがあり、それが世阿弥の目指す能だったのだ。一四〇二年三月二日、三十九歳の世阿弥は執筆をひとまず終え、初めて世阿弥という名で署名した。三十九歳といえば観阿弥が醍醐寺で七日間公演をした年である。世阿弥はもうこれで、いつ死んでも良い、と思った。まさかこの先四十年も生き続けるとは夢にも思っていなかった。

一三九九年に大内義弘を滅ぼすと、天の助けを感じた義満は凡ゆる宗教を統合して自分がその上に立つ義務があると考えるに至った。

――わしは聖王として全ての宗教を束ねる資格、いや、義務がある筈じゃ。普通の人は一つの宗教を信じれば良いが、為政者は全ての宗教を隔てなく支持しなければならないと、確か夢窓疎石殿も書いていた筈――

一四〇一年に北山第が完成すると、翌年から毎月七日間密教の祈祷が行われ、同じ期間に有力社寺で祈祷が強制された。鎌倉時代以来重視されて来た陰陽道の外典祭儀も執り行なわれた。北山第の祈祷には廷臣が参列させられ、寺社も寺の重要仏事よりも義満の祈祷を優先しなければならず、宗教界全体が義満に振り回される事になった。宮廷祭祀も執り行われていたが、廷臣達が熱心で無くなったのは事実である。義満は神道も尊重していたが全てを網羅した新しいスタイルの祈祷体系を確立する事に情熱を燃やしていた。それも自分個人の為では無く、国家安寧を本気で祈っているつもりであった。祈祷と並行して、家族やお気に入りの廷臣を従えての社寺参詣も又、頻繁に行う様になった。家族を連れている時は帰途に観世座縁の奈良の長谷寺を訪ねた。生母縁の石清水八幡宮は毎年訪れ、帰りに左女牛《さめうし》八幡と北野神社に必ず立ち寄った。明徳の乱以降訪れる様になった北野神社では能を見物したり、連歌の会を催したり、酒宴を張ったりして暫く滞在する事も多かった。その他日枝神社、多武峰《とうのみね》、西大寺、園城寺《おんじょうじ》、粉河寺《こかわでら》、高野山、春日神社、篠村八幡、近江無動寺など数多くの寺社に行った。南北朝抗争で多くの社寺が兵火にあっていたが、それらを復旧する為の寄進を惜しまなかった。南朝側だった寺社も含めての援助には政治的な動機もあったが、寺社参詣は義満にとって純粋な楽しみでもあった。一四〇二年に各地で干ばつ被害があった時、宮廷祭祀が行われたが一向に雨が降らず、義満はその祈祷の不備を指摘した。相国寺で改めて祈祷すると雨が降り、義満は益々自信を深めた。丁度その頃、巷では百王の伝説が話題となっていた。中国古代の預言書『邪馬台詩』に、日本の王は百代目で断絶し、犬と猿が覇権を得る、と言うのだが、時の後小松天皇が丁度百代目の天皇に当たり、犬は戌年の義満、猿は関東公方の氏満だというのだ。義満は本気にしていなかったが京都の人々は面白がって噂していた。後小松天皇といえば不運にも前年の火災で御所を焼け出され、室町第に仮住まいしておられ、御所は義満によって再築されている所だった。

一四〇二年八月、兵庫港に明の第二代建文帝が遣わした船がやって来ると知った義満は、喜び勇んで七歳の愛娘喝食《かつじき》を連れて見物に行った。前年の五月に博多商人の肥富《こいずみ》と、僧の祖阿に国書を持たせ、修好を求めていたのが無事に受理されて、明からの使僧が遥々日本にやって来たのである。振り返ると一三七四年、今熊野神社で初めて世阿弥を見た十六歳の年に周囲の反対を押し切って明の初代皇帝に使者を送り呆気なく拒絶されてから二十八年、ついに長年の念願が叶ったのだ。初回以降も何度か失敗を重ねたから国書には細心の注意を払ったし、明からの漂着者と金千両、馬十頭、鎧、刀剣、武具、扇、屏風を添えるなど、出来る限りの礼を尽くした。しかも以前に義満を拒絶した大物の洪武帝は没し、今の皇帝は孫でひ弱な若干二十五歳の若者、怖れる程の人物では無かったから勝算と自信はあったが、何しろ国家間の交流は何と遣唐使途絶以来、その喜び振りも無理は無い。一四〇二年九月五日、義満はその明の使者を自慢の北山第で迎えた。明の皇帝からの国書を正式に受ける為である。公卿達に第一正装をさせ、義満自身は最高の法服を身に纏《まと》い、門迄出て明使を迎えた。明使は国書を頭上に掲げて進み、北山第の寝殿前の高机に置いた。義満は焼香三拝して跪《ひざまず》いて拝見した。国書は義満を日本国王と呼び、暦を与え、正朔を奉ずる、とした。義満は、日本国王、という名称に心を躍らせた。若くして征夷大将軍と成り、太政大臣に昇り詰め、出家して法皇と同等になっていたが、明から国王と認められた今、自分は最早国内だけの存在では無い、世界の王の一人なのだ、と、身も震える程の感動を感じた。跪く義満を見た公家達は、明に対して諂《へつら》い過ぎだ、と苦々しく思ったが、義満は全く意に介さなかった。義満を初めて日本国王と認めた建文帝は、しかしその頃丁度クーデターにあい、叔父の永楽帝に代替わりしていた。確かな情報が無い儘、一四〇三年再び明に使いを送る時には、念の為建文帝と永楽帝宛ての二通の国書を持たせた。果たして使いが中国に着いてみると、首都南京は陥落しており、建文帝は火中に身を投じたと言われていたが逃亡説もあり、執拗な捜索が続けられていた。旧皇帝派は徹底的に粛清され、その数一万を超えると言われていた。特に、新皇帝に最後迄屈服しない者は、見せしめに、体を少しずつ切り刻まれたり、生皮を剥がれたりと、極めて残忍な処刑にあった。日本からの使者は、その様に連日血生臭い処刑の続く大混乱の真っ只中に、義満からの国書を携えて入京したのである。勿論、建文帝宛ての国書は疾うに焼かれていた。即位早々の永楽帝は義満の二歳年下、若い時からその実力が認められていた大物だったが、どの国よりも早く皇帝即位を賀する国書を届けに日本からやって来た使者に喜び、丁重にもてなした。翌年には早速義満に国書と明の冠服、金印、勘合符を送った。かくして日本国王義満と明三代皇帝永楽帝との交流が始まった。日本国内では、「日本国王　臣　源」という義満の自称が物議を醸したが、義満は従属する訳では無く、国際常識に従っただけだと思っていた。

――臣の一字であの騒ぎ、相変わらず井の中の蛙じゃのう。兎に角中国とは同等の一国と思わないと気が済まぬ様じゃ。しかし同じ一つの国といっても日本と明では大きさが違う。そして、今現在世界で通用するのは中国の銭しかない。日本国が世界で発展する為には、まず明から一つの国として認められなければならない。臣というのは諂いでは無く、その為の方便に過ぎぬ。新しい皇帝による新しい時代が始まった今が良い機会じゃ。意地を張っても始まらん、日本国も大きな世界の立派な一つの国だという正しい誇りを持てば良いのじゃ――

義満は明との交流にすっかり夢中になり、先進国の最新の文物以外にも、中国人ですら真価を忘れがちだった宋時代の陶器や書画骨董を熱心に買い漁った。特に気に入ったのは、約三百年前、宋の徽宗《きそう》皇帝によって描かれた『鳩桃図』であった。

――徽宗皇帝の絵は正に歴史上の最高傑作じゃ。これ程美しい絵は又と無い。最高の和歌の様に、桃の枝を撓《しな》わせる鳩の重みと、桃の頃の凛とした空気を、時代と場所を超えて伝えてくれる。幾ら見ても見飽きる事は無い。鳩は源氏の象徴でもあるしな。この絵の価値が分かるのはわしを置いていないじゃろうから、わしの印を押しておこう。このわしに認められてこの絵が後世に残ると思うと感慨深いな。作者が画家でなくて皇帝だというのも凄い事じゃ。といっても皇帝としては大した事は無かった、わしの方が数段上かな。徽宗皇帝と比べると、今の永楽帝はかなりの人物と見た。しかし、あの様に残酷に多くの人を殺せるという感覚は理解出来無い。あれ位でなければ大国を治め切れんのかもしれないな。日本は小国じゃが、だからこそ纏め易い。中国からは学ぶべき事も多いが、真似してはいけない事もある――

それ以降、明から兵庫に船が来る度、義満は必ず家族連れで見物に行った。京都では天竜寺や相国寺で明人達に最大級のもてなしをした。多い時には三百人もの明人がやって来て、数か月間滞在した。一四〇七年の国書は特に義満を誉めちぎったので、いたく満足した。

『日本国有りてより以来、王の如き賢者の者蓋し未だこれ有らず』

その国書を齎《もたら》した明の使節と共に常在光院で紅葉見物をした。彼らとの会話から、永楽帝が二十万人も動員して新宮殿を造っている事を知った。後に明と清の王朝合わせて二十五代の皇帝によって一九二四年迄使われ続ける事になる、北京に今も残る紫禁城である。義満は又、巨大な「宝船」を中心とした、総人員二万七千人、六十艘の大艦隊が二年の月日をかけて世界の海を回り、遠くインドやマラッカなどの諸国使節と珍しい物産を伴って帰着したばかりと聞いて、そのスケールの大きさに驚倒した。しかも更に西の果てを目指す次の航海が既に目前に迫っているという。

「天竺（インド）より更に西の世界ですか。いや驚いた。だが羨ましい。その様に大きな船に乗って様々な異国に行ってみたいものですな」

義満が正直な感想を述べると明人はこう言った。

「新宮殿が完成した暁には日本国王として正式にご招待致しましょう。我が皇帝も、貴殿には特にお会いしたいと仰られておりましたから。しかし工事は始まったばかり、完成迄は十年、いや二十年掛かるかもしれません。どうか気長にお待ち下さい。でもこの約束、必ず果たしますから、どうかお忘れなく」

明人の言葉に期待の胸を膨らませた義満だったが、二十年と聞いて、自分は生きているだろうが、果たして前皇帝派を残虐に粛清した様な徳に欠ける皇帝が二十年持つだろうか、と疑った。しかし実際に約二十年後の一四二一年、紫禁城と、三億七千万字の大百科事典『永楽大典』の完成記念祝典が行われ、永楽帝は二万六千人の客を招待した。二十八か国の首脳達が豪華な巨大船で迎えられ、最高のもてなしを享受したという。義満も生きていれば招待された筈だったが、その時既に亡く、日本と明との国交も途絶えていた。

一四〇六年十二月二十七日、後小松天皇の生母三条厳子が亡くなった。義満は頻りに、新年の祝いに差し障るから代母を立てる様に介入し、日野康子（前年に亡くなった正室・日野業子の後に妻とした）を候補に挙げた。天皇が在位中に両親を失うのは不吉だと言う義満の言い分に無理があるのを承知で、関白一条経嗣《つねつぐ》はその案を受け入れて手続きを執った。義満に追従する自分を恥じて、こう日記に書きつけた。

『愚身、ひとえに以て諂諛《てんゆ》を先となす。ああ悲しい哉、悲しい哉』

翌年三月、康子の入内始の儀を行った。北山第から御所迄、左右大臣、公卿、殿上人が供奉し、康子の出車十台に選りすぐりの正装の女官二十人を乗せて向かわせたのだが、義満もそれを桟敷から見物し、京都の人々も又好奇の目で見物したのである。康子が天皇の母と成れば、義満は天皇の父、という事になる。

一四〇八年三月八日、義満は新装成った北山第に後小松天皇の行幸を仰いだ。満開の桜が咲き誇る中、義満は童姿も麗しい、十四歳になった愛息義嗣と共に、四脚門に立って待った。やがて染装束の廷臣らが供奉する御輿が到着すると、義満以下諸人蹲踞《そんきょ》した。天皇は寝殿に迎えられ、主上の座に着いた。晴の御膳が供され、天皇は義嗣に天杯を賜った。義嗣は御盃を受けて土器に移し、飲み終わると拝舞した。その舞姿は若き日の義満を彷彿とさせる優美さであった。義満も、二十七年前室町第で舞った時の事を昨日の様に思い返しながら目を細めて眺め、その時誰もが自分に圧倒された様に、この場の全てが義嗣に魅了されている、と信じて疑わなかった。しかし公家達は、その舞に感心はしたものの、元服前に天杯を賜うなどとは前例が無い、と内心不満を覚えていた。古式床しく始まった饗応は二十一日間の長きに亘って続いた。舞、風流、献上品進呈、池での舟遊、雅楽、舞楽、和歌、連歌、蹴鞠、伏見宮の琵琶、義満と義嗣による笙の演奏、果ては能、白拍子迄と、盛り沢山の予定であった。能が天覧の栄に浴するのは初めての事だったが、この時演じたのは犬王道阿弥、観阿弥と同世代で当時の能楽界の最長老。老いて尚華やかな舞は晴れの舞台に相応しかった。義満は勿論世阿弥にさせたかったが、狂気の陰りのある世阿弥の能は芸術としては超一流だが、天覧には向かないと判断したのである。世阿弥も犬王を尊敬していたし、その選択には納得がいった。ところが、周到な準備をしていたにも拘らず、雨続きで予定の多くがキャンセルとなってしまった。晴れ男を自負していた義満にとってこれは想定外であった。公家達は、さしもの強運の義満にも陰りが、と思ったが、本人は運の衰えなど、想像だにしなかった。北山第行幸の直後、四月二十五日に、義嗣は宮中でまるで皇太子の様に元服式を挙げた。恰もおべっか好きの公家が、義嗣こそ天皇に成るべきだと言い出すのを待っているかの様だった。しかし、その様な事にはならなかった。元服式の二日後、病気らしい病気をした事の無い義満が突然体調を崩した。初めは「鬼の霍乱《かくらん》」などと笑っていた義満だが次第に悪化し、五月に入ると諸寺諸社で祈祷が行われた。五月三日には天皇の命令で神楽が奏された。五月四日には危篤になり、昼過ぎには死去の報が流された。夕方には蘇生したが、未だ表情は虚ろであった。翌五月五日、義満はやや平静に戻り、周囲を驚かせる意外な命令を下した。

「じぇあ、世阿弥をここに呼んでくれ」

世阿弥を待つ間、義満は一人で前日の記憶を反芻していた。

――わしは一度、死んだのじゃろうか、それともあれは夢だったのじゃろうか。わしはこの体から抜け出して空を飛び回っていた様な気がする。まず、わしの体が上から見えた。周りは、御所様が亡くなられた、と大騒ぎだった。その次の瞬間に見えたのは忘れもしない、我が子義持の顔じゃ。笑いを抑えようとして口を歪めておったわ、さぞかし嬉しかったのじゃろう。次に大事な義嗣の顔も見た。わしが死んだと聞いて、可哀想に大層驚いておったが、あまり悲しそうでは無かった。かわいい喝食も、他の娘達も、康子や誠子、加賀局、高橋殿などの女人達、稚児の御賀丸に慶賀丸も、皆驚いて大変な騒ぎだったが、誰一人として涙を流していなかった。どれもあれ程可愛がってやっていたのに。わしはぞっとした。体も無いのに、寒気がした。すると遠くに光が見えた。明るくて、暖かそうで、すぐに飛び込んで行きたくなった。ところが背中を強く引っ張られて驚いた。振り向くと世阿弥がいて、泣きじゃくっていた。次の瞬間、わしはわしの体に戻っていた。顔を動かしてみると、皆が叫び出しおった。御所様が動かれた、生きておられた、とな……――

「世阿弥殿が参られました」

取次の一言に義満は我に返った。

「早く、ここ迄寄れ、他は皆下がっておれ。二人だけで話がしたい」

世阿弥が京都に戻って以来何度も会う機会はあったが、二人だけで会うのは、二匹の犬との宴会、実に二十四年ぶりであった。二人とも敢えてその空白を無視するかの様に、話し始めた。残された時間が限られている事は二人共分かっていた。

「よく来たな。死ぬ前に、おぬしに会って話したかったのじゃ」

「上様、私もお話ししとう御座りました。昨日は、亡くなられたと聞いて、泣き疲れました」

「おぬしが泣いていたのは知っておる。信じられ無いかもしれんが、わしは皆に死んだと思われている間、体を抜け出して我が身を見、更に皆の様子を見てしまったのじゃ」

「信じられます。実は私も興福寺で井筒を舞っている時、体を抜け出して我が身を見ましたから」

「なに、おぬしも体を離れた事があるというのか？　わしらは違う様で、妙な所が似ているのじゃな」

「だからこそ、真の友なので御座います」

「わしは昨日、泣いていたおぬしだけが真の友じゃと悟ったわ」

「私は初めてお会いした時からずっとそう思っておりました」

「わしも、若い時はおぬしを真の友じゃと思っていた。しかし、年を重ねる内にのう」

「変わられた」

「そうじゃな、わしは二十年前の方が賢かったかもしれぬ。あまりに全てが思い通りになる人生だったから、人とは違うのだ、と思い込んだ。おぬしの才能には感服したが正直言って今さら対等の友だとは思え無かった。その上、わしは己がいつか死ぬという事すら忘れて夢中になって明の骨董を買い漁ったりした。何と愚かな事だろう、あの世に持って行かれないというのに。若い頃はあれ程真剣に生きる意味やら臨終の心得やらを問うておったのに、すっかり忘れてしまっていたわ」

「上様、やっとお分かりになられましたか。ついに、ついに増上慢から解脱されたのですね」

世阿弥は心の底から感動した。人生の最後に自分の誤り、罪を懺悔して悟りを得る、まるで完璧な能の終局の様であった。世阿弥は遂に、天すら誅する事が出来無かった義満を諭す事が出来た、それも真の友情を持って。出会いからの三十四年間が世阿弥の心中を去来した。義満も同じだろう、と思った。ところが暫しの沈黙の後、義満は急にくすくすと可笑しそうに笑い出し、更に声を出して笑った。虚を衝かれた世阿弥が尋ねた。

「上様、どうしてお笑いになっているのですか、何がそんなに可笑しいのですか」

「いやなに、わしはついさっき、罪深い我が生涯を心から悔い、もう二度と繰り返さぬと誓った。そしてすっかり迷いから醒め、これこそ悟りの境地じゃと感動した。迎えの菩薩の姿も見えた様な気がした。しかし、そう思った瞬間、やはりわしは未だ極楽浄土などに行きたくない、又生まれ変わって他の人生を経験してみたい、と思ったのじゃ！」

「何ですって？　人生で悟りを得、輪廻の輪から離れていつ迄も極楽浄土に留まるのが人としての最大の願いではありませんか」

「そう言われておるが、考えてもみよ、輪廻転生せずに極楽に行く事が人の究極の目標なら、そもそも何故この世があるのじゃ。この世に生まれて来て、罪を犯さぬ様にびくびくし、少々の善行を積んで許されて、やっと輪廻から解放される為？　何と詰まらん事じゃ。そんなけちな人生を送る為にこの世があるとは思われんわい。

もしそれが真実なら、最初からこの世など無くても良いではないか。わしはな、この世というものは、仮令どんなに愚かな事でも、好きな事を思いっきり経験する為にあるのじゃと思う。けちな奴には分からんかもしれんが、兎に角わしはそういう男なのじゃ。一回きりの人生では物足りないのじゃ」

「上様、何という事を仰るのですか。私には到底付いて行けませぬ……しかし、上様にそう言われると、その様な気もしてきました」

「そうじゃろう。わしは来世にどんな人生を送るか決めておこうと思っておる」

「まさか上様、人生は選べるものでは無いのでは……」

「いや、選ぶのは自由だと思う」

「もし選ぶのが自由なら、惨めな人生を送る者がいる訳無いではありませんか」

「いや、他人に従う人生を選ぶから惨めになるのじゃ。人生は自分の選択の結果。自分の人生を司るのは自分自身。自分で夢を描き、自分の内なる声に従って突き進む、するとその通りに人生が出来ていく。わしの人生がその証じゃ。わしは一生涯美しい物を愛で、楽しんで来た。皆にもそれを分け与えて喜ばせてやって来た。最後は少々行き過ぎたかもしれん、嫌われたかもしれん。しかし良いではないか、詰まらん人生よりは。そうじゃ、わしは次の人生では全く違う国の王に成ってもっと大きな屋形を造り、もっと豪勢な宴会を張って皆をあっと言わせようぞ。明でも良いが世界中には他に色々な国があるらしい。いっその事全く知らない所の方が良いな」

驚きのあまり説教をする気も失せた世阿弥は、義満に話の調子を合わせた。

「それでは私はその国に生まれて、上様の為に又、能をお作り致しましょう」

「その国に能があるとは限らないじゃろう。もっと自由に考えよ。次の人生で何が本当にしてみたい？」

「本当にしてみたい事、で御座いますか。出来れば舞台の上で死にたいと。何しろ醍醐寺では死ねませんでしたから」

「舞台で死ぬじゃと？　変わっているが、おぬしらしい。流石芸能感人じゃのう。わしはその次には国で一番の美女に生まれて皆から崇拝されてみたい」

「もしも国で一番の美女に成られるのなら、私は最高の音楽家としていち早く求婚致しましょう」

「残念だが、幾ら最高といっても、音楽家はお断りじゃな。わしは身分の高い家に生まれて、王としか結婚しない。そして贅沢三昧の生活を送るのじゃ」

「そんな事をしたら、幾ら美女でも人々の恨みを買いますぞ」

「美女だとちやほやされて、金を稼ぐ心配をせずに一生遊び暮らせたら、仮令この首刎ねられても構わぬわ。その次は詩人じゃな。我が人生で数少ない心残りの一つは、後世に残る様な出色の和歌が作れなかった事じゃから」

「もしも出色の詩歌がお作りになりたかったら、今の様に恵まれた人生では駄目です。上様が経験した事の無い様な、惨めな人生を送らなければ」

「そうだな、それなら一度位惨めな人生を送ってみよう。何百年の後でも誰もが口ずさむ様な詩歌が作れるなら、どんな事にでも耐えられるわ」

「それでは上様が素晴らしい詩歌を作る為に、上様を傷つけて、その人生を滅茶苦茶にして差し上げましょう」

「はは、恐ろしい事を言うな、面白い。こんな話をする者は又と無いだろうな。わしらは本当に変わっておる。普通では無い」

「普通では無いからこそ、こうして生まれて来て出会う意味があるのでしょう。上様が美と贅沢を追い求めて何度も生まれ変わるなら、私は上様との普通でない友情を確かめる為に生まれて来て差し上げましょう」

「次の人生が楽しみになって来たな。しかしまこと、人生は一つの夢。何が夢で何が現なのか。夢とこそいふべかりけれ……」

「世の中にうつつある物と思ひけるかな、紀貫之の歌ですね」

「そうそう、ああ、少し疲れた。もそっとそばに来て、井筒から一曲歌ってくれないか」

義満はそう言うと、目を閉じた。途端に額から大粒の汗が滲み出て来た。

松の　声のみ　聞こゆれども
嵐は　いづくとも
定めなき世の　夢心
なにの音にか　覚めてまし
なにの音にか　覚めてまし

世阿弥は歌いながら袖でその汗を拭った。世阿弥の目から涙が零れた。義満は失いかけた意識の中で、十代の頃に繰り返し見た奇妙な夢を思い出した。

――ああ、昔夢で見たあの色々な色の髪の寂しげな女人は、実は世阿弥だったのか。しかしもう声も出ない。次に生まれ変わった時に話そうか。しかし、生まれ変わった時、どうやって世阿弥と分かるのだろう。死んでも覚えているのは何なのだろう。詩歌か、音曲か、それとも涙か——

義満は再び昏睡状態に陥り、翌日一四〇八年五月六日、金閣寺が周りの鏡湖池と共に夕日で真紅に染まった後、壮大にして華麗なる人生を終えた。あと三か月で満五十歳となるところだった。

あとがき

歴史小説などは見て来た様に嘘を書いた物、書く方も書く方だが、読む人の気が知れない、などと不遜にも思っていたこの私が、歴史小説『世阿弥と義満』を書いてしまった。自分で驚いている。この小説に書いてある事は、七割方は読んだ資料に基づいた（多分）史実。三割はフィクションなのだが、見て来た様な気がして、嘘では無いと思い込んでいる。

始まりは、一九九八年、興福寺を訪れた時に遡る。家族で奈良に行って興福寺の境内に入った途端、頭の中で、前年の紅白歌合戦で初めて知ったＸ ＪＡＰＡＮの歌「明かりの消えた on the stage ひとり見つめて」（『Say Anything』）が鳴ったのである。おかしな事だと思ったのだが、境内を歩いている間中、繰り返し聞こえて来る。そして最後にそのメロディで、「篝火消えた　能舞台　一人　見つめて」と歌う声が遥か遠くから聞こえて来たのだ。家に帰ってから確かめた所、一三九四年に世阿弥が興福寺で公演している。それ以前十年間の上演記録が無い事から、久しぶりの公演だったと思われる。そこから第四章のイメージが浮かんだ。それ以降、五年程資料を読んで世阿弥や室町時代の事を調べていく内に義満という人物に魅せられ、世阿弥と義満の物語で頭がいっぱいになり、どうしても書かずにはいられなくなった。そこで二〇〇三年、主人の転勤でパリに住んでいる間、十か月程掛けて書いたのである。ただし、何故か下手な英語で。変な話だが、日本の歴史や文化については、日本語で読むより英語で読んだ方がすっきり分かる、と予々感じていたからだと思う。それを一度日本語に訳してみたら読み難かったから、日本語で練り直して書いたのが、この小説である。

始まりはX JAPANだったが、小説を書いている間も、常に頭の中にはX JAPANの様々な曲が聞こえていた。その音楽に導かれて、というよりはむしろ背中を小突かれて、書かせられていた様な気がする。特に激しい『Silent Jealousy』のドラムが、お能の『葵上』の般若面を着けた六条御息所の映像と相俟って、私を責め立て続けていた。

各章にインスピレーションを与えた歌詞を以下に紹介させて頂く。

第一章　紅に染まったこの俺を　慰める奴は　もういない……………『紅』

第二章　何処に行けばいい　貴方と離れて……………『Tears』

第三章　I am walking in the rain　行くあてもなく　傷ついた身体濡らし
『Endless Rain』

第四章　明かりの消えた　on the stage ひとり見つめて
とおりすぎた　日々をみつめる……………『Say Anything』

第五章　終わらない雨　抱きしめた　夜が朝を向かえる
心はまだ濡れたまま
傷つくだけ　傷ついて　解ったはずの答えを
どうしてまだ　問いかけてる……………『The Last Song』

第六章　Forever Love Forever Dream

これ以上歩けない
Oh tell me why
Oh tell me true
教えて生きる意味を……………………………『Forever Love』

尚、ＸＪＡＰＡＮの他にインスピレーションの元になったのは、ヴェルレーヌの詩『よくみる夢』であった。義満が若い頃こんな夢を見ていたかも、そして世阿弥と最後に会った時にも思い出したかも、と想像が膨らんだのである。以下に、上田敏訳を載せる。

よくみる夢

常によく見る夢ながら、奇《あ》やし、懐《なつ》かし、見にぞ染む。
曾ても知らぬ女《ひと》なれど、思はれ、思ふかの女《ひと》よ。

夢見る度のいつもいつも、同じと見れば、異りて、
また異《ことな》らぬおもひびと、我が心根《こころね》や悟りてし。

我が心根を悟りてしかの女《ひと》の眼に胸のうち、
噫、彼女《かのひと》にのみ内證《ないしょう》の秘めたる事ぞなかりける。
蒼ざめ顔のわが額、しとどの汗を拭ひ去り、
涼しくなさむ術《すべ》あるは、玉の涙のかのひとよ。

栗色髪のひとなるか、赤髪《あかがみ》のひとか、金髪か、
名をだに知らね、唯思ふ朗ら細音《ほそね》のうまし名は、
うつせみに世を疾《と》く去りし昔の人の呼《よ》び名《な》かと。

つくづく見入る眼差《まなざし》は、匠《たくみ》が彫像《ゑりし》の眼か、
澄みて、離れて、落居《おちゐ》たる其音声《おんじやう》の清《すず》しさに、
無言《むごん》の声の懐かしき恋しき節の鳴り響く。

『海潮音』より

一九九八年新春初売りでＸ ＪＡＰＡＮの『バラードコレクション』を買って来てくれた夫、お稽古の行き帰りの車の中でＸ ＪＡＰＡＮを聞かされ続けた娘達、英語の初稿から読んで、お能を見る様になった両親、室町水墨画の目利きで貴重な資料を残してくれた祖父、佐々木高綱や佐々木道誉とも繋がる祖先達に捧げます。
そして、魂を揺さぶる唯一無二のＸ ＪＡＰＡＮの音楽に感謝したいと思います。

参考文献

D・キーン、R・マッキンノン、木下順二（1980）世阿弥・花と幽玄
國文學25巻1号、昭和55年1月号、學燈社
Gavin Menzies（2002）1421 The Year China Discovered the World. Bentam Books.
安田登（2017）能　650年続いた仕掛けとは、新潮新書
安部龍太郎（1998）バサラ将軍、文春文庫
臼井信義（1960）足利義満、吉川弘文館
横井清（2002）室町時代の一皇族の生涯『看聞日記』の世界、講談社学術文庫
横道萬里雄、表章（1960）謡曲集　上　日本古典大系40、岩波書店
岡野守也（1994）能と唯識、青土社
岡野友彦（2003）源氏と日本国王、講談社
火坂雅志（1999）西行桜、小学館文庫
海音寺潮五郎（1967）悪人列伝、文藝春秋
松岡心平（2006）能　―中世からの響き―　角川選書、角川書店
観世寿夫（2001）世阿弥を読む、平凡社ライブラリー
久松潜一、西尾實（1961）歌論集　能樂論集　日本古典文学大系65、岩波書店

宮崎正勝（1997）鄭和の南海大遠征　永楽帝の世界秩序再編、中公新書
橋本雄（2013）NHKさかのぼり日本史　外交編［7］室町〝日本国王〟と勘合貿易―なぜ、足利将軍家は中華皇帝に「朝貢」したのか、NHK出版
戸井田道三（1969）観阿弥と世阿弥、岩波書店
五味文彦、佐野みどり、松岡心平（2002）中世文化の美と権力　日本の中世7、中央公論新社
後藤淑（1989）能の形成と世阿弥、木耳社
香西精（1970）続世阿弥新考、わんや書店
今泉淑夫（2009）世阿弥、吉川弘文館
今谷明（1990）室町の王権、中公新書
今谷明（1992）日本国王と土民　日本の歴史9、集英社
今谷明（1993）武家と天皇、岩波新書
佐藤豊彦、高橋豊（1997）能の心理学　ユング心理学からみた日本文化の深層、河出書房新社
細川涼一（1993）逸脱の日本中世　狂気・倒錯・魔の世界、JICC出版
三浦裕子（1998）能・狂言の音楽入門、音楽之友社
山崎正和（1974）世阿弥、新潮文庫
山崎正和（1976）室町記、朝日選書
寺田隆信（1966）永楽帝、中公文庫

小川剛生（2012）足利義満、中央公論新社
小島毅（2008）足利義満　消された日本国王、光文社
松岡心平（2001）中世を創った人々、新書館
松岡心平（2002）ZEAMI―中世の芸術と文化01、吉原印刷株式会社
松岡心平、小川剛生（2007）ZEAMI―中世の芸術と文化04、森話社
森茂暁（2023）足利義満、KADOKAWA.
水野智之（2014）名前と権力の中世史―室町将軍の朝廷戦略、吉川弘文館
杉本苑子（1964）華の碑文―世阿弥元清、中公文庫
西一祥（1975）世阿弥一人と芸術、桜楓社
世阿弥（1958）風姿花伝、岩波文庫
石原比伊呂（2018）足利将軍と室町幕府―時代が求めたリーダー像、戎光祥出版
村上重良（2003）日本史の中の天皇、講談社学術文庫
多田富雄（2001）脳の中の能舞台、新潮社
壇上寛（1999）永楽帝　中華「世界システム」への夢、講談社選書メチエ
土屋恵一郎（2001）能　現在の芸術のために、岩波現代文庫
桃崎有一郎（2020）室町の覇者　足利義満、筑摩書房
堂本正樹（1986）世阿弥、劇書房

堂本正樹（1997）世阿弥の能、新潮選書
二木謙一（1999）中世武家の作法、吉川弘文館
梅原猛（2010）世阿弥の神秘、角川学芸出版
白洲正子（1996）世阿弥、講談社文芸文庫
八嶌正治（1985）世阿弥の能と芸論、三弥井書店
表章、加藤周一（1974）世阿弥　禅竹　日本思想大系24、岩波書店
表章、天野文雄（1987）岩波講座　能・狂言1　能楽の歴史、岩波書店
平岩弓枝（2000）獅子の座　足利義満伝、中央公論新社
豊永聡美（2006）中世の天皇と音楽、吉川弘文館
北川忠彦（1972）世阿弥、中央公論社
夢窓国師、川瀬一馬（2000）夢中問答集、講談社学術文庫
林屋辰三郎（1995）佐々木道誉　南北朝の内乱とばさらの美、平凡社ライブラリー
鈴木敬三（1998）有職故実大辞典、吉川弘文館
観世銕之丞（2000）ようこそ能の世界へ　観世銕之丞能がたり、暮しの手帖社

貝塚万里子（かいづか・まりこ）

1960年東京生まれ
幼稚園から高校まで田園調布雙葉学園
1979年国際基督教大学入学
1983年日本興業銀行入行
1986年同行退職
1986年結婚以降専業主婦
夫の留学と転勤によりアメリカに計8年、パリに4年在住
娘二人

義満《よしみつ》と世阿弥《ぜあみ》

2024年7月17日　第1刷発行

著　者　　貝塚万里子
発行人　　久保田貴幸

発行元　　株式会社 幻冬舎メディアコンサルティング
〒151-0051　東京都渋谷区千駄ヶ谷4-9-7
電話　03-5411-6440（編集）

発売元　　株式会社 幻冬舎
〒151-0051　東京都渋谷区千駄ヶ谷4-9-7
電話　03-5411-6222（営業）

印刷・製本　中央精版印刷株式会社
装　丁　　弓田和則

検印廃止

Printed in Japan
ISBN 978-4-344-69100-1 C0093
幻冬舎メディアコンサルティングＨＰ
https://www.gentosha-mc.com/